KB099054

빨간 장화

빨간 장화

1판 1쇄 발행 | 2017년 5월 25일

지은이 | 노정순
발행인 | 이선우
펴낸곳 | 도서출판 선우미디어

등록 | 1997. 8. 7 제305-2014-000020
02643 서울시 동대문구 장한로12길 40, 101동 203호
☎ 2272-3351, 3352 팩스: 2272-5540
sunwoome@hanmail.net
Printed in Korea ⓒ 2017. 노정순

값 12,000원

※ 잘못된 책은 바꿔 드립니다.
※ 저자와의 협의하여 인지 생략합니다.

이 도서의 국립중앙도서관 출판예정도서목록(CIP)은 서지정보유통지원시스템
홈페이지(http://seoji.nl.go.kr)와 국가자료공동목록시스템(http://www.nl.go.kr/kolisnet)에서
이용하실 수 있습니다.(CIP제어번호: CIP2017011836)

ISBN 978-89-5658-508-6 03810
ISBN 978-89-5658-509-3 05810(PDF)
ISBN 978-89-5658-510-0 05810(E-PUB)

빨간 장화

노정순의 시&산문

선우미디어

이 책을 내면서

무지개   영롱한 날도
천둥 비바람 치는 날도
흔들리지 않고
칠십 년을 살아온 한 그루 나무였다

외롭고 무서운 날
어떻게 살아야 할지 망설일 때
따사로운 빛으로 생의 중심이 되어
내 편이 되어주신 주님이 계셨다

촉촉한 흙이 되어 뿌리를 감싸고
삶의 자양분이 되어준 남편은
고목이 되어버린 나의 버팀목이었다

내 삶의 꽃으로 피어난 자식들
며느리, 아들, 사위, 딸, 네 명의 손녀들
가지마다 주렁주렁 열린 보물이다

바람에 스치듯 지나간 수많은 인연들
하나하나 소중히 담아
행복한 일상의 가지에 얹어놓는다

황혼에
외로워질세라
마음 나누고 위로하는 문우들
먼 길 함께 가는 우리는 길동무

따사롭고 포근한 감성으로
마음의 글밭을 일구도록
열정으로 이끌어주신 이오순 선생님께
머리 숙여 깊은 감사를 드린다.

2017. 3. 13
노정순

노 정 순 시 & 산 문 ㅣ 빨 간 장 화

|차 례|

이 책을 내면서 4

[詩]

1부 봄 & 여름

2부 가을 & 겨울

[散文]
3부 유년의 기찻길

4부 어디 계십니까

5부 나의 가족 〈편지〉

손녀 김서현 作

[詩]

봄 & 여름

손녀 김서현 作

4월
―짓궂은 봄바람에―

四月은 꼭꼭
마당에 숨어버리고

산 넘어 손님처럼 찾아 온 봄
자꾸만 문고리를 흔든다

선잠 깬 햇살이
느릿느릿 실눈을 뜨고
고운 입술 삐죽이 내밀며 목련은 인사한다

놀란 콩새 한 마리
가지 끝에 앉았다 날아가는
四月의 정오

4월(2014.10.16. 한국민속식물 박람회 자연사랑100인 시화전 우수상)

봄비

혼자서는 외로워
봄바람 앞세우고
담장 옆 목련가지 흔들며
수줍게 오는구나

어제의 가슴시린 순정
사랑은 다 그런거라고
가만가만 속삭이며
마른가지에 살금살금
하얀 미소 보낸다

여기서 톡!
저기서 톡!
꽃망울 터지는 소리
아!
눈부시게 빛나는
하얀 목련꽃…

봄

잔설을 흔들어
나무를 성가시게 한다
겨울잠에서 깨어나라고

세포 줄기 줄기마다
양분을 끌어올려
분홍 꽃방 만들고

새색씨 고운 볼로
연둣빛 사랑문을 열면
산새들 슬그머니 둥지 틀고

포근한 빛 잉태하는
어머니 품속 같은
봄

봄날 (1)

양지바른 담장 아래
노란 민들레
올망졸망하다

할머니 손자 마주 앉아 도란도란
"너무 쪼꼬매"
"너처럼 작아서 예쁜단다"
낮게 피었다 바람 따라
떠나는 민들레꽃

바라보던 제비꽃
할머니 손자 이야기에
홀렸나
종일 바라만 보다
금새 붉어지는 얼굴

벚나무 가지에
새 한 마리

포로롱 날아 와
할머니 머리에 꽃나비가 하르르
휘이 휘이~
손자의 고사리손이 바쁘다

따사로운 봄볕이
낮게 깔리는 날에…

봄날(2)

수줍은 벚꽃은
눈부신 햇살에
부푼 가슴을 열까 말까
살포시 실눈을 뜬다

미나리 향기를 좋아하던 울엄마
꽃답게 살아라
새처럼 살아라
문득 그리워 올려다 본 하늘

향긋한 쑥국
새콤한 민들레 무침
톡톡 터지는 쌉싸름한 고들빼기
입 안 가득 싱그러운 봄을 먹는다

울컥
그리움을 먹는다

풍경

밤새 내린 비에
촉촉한 가슴 열고
화사하게 피어난 꽃사과
시샘하듯 열매 맺은
올망졸망 청포도
등 기대고 도란도란

불어오는 바람결에
한들거리는 능소화
간지럼을 탄다

걸어온 햇살에
지친 육신 말리며
바라보는 하늘

쎄르 쎄르 쎄르르
매미울음 리듬 맞춰
나도 세레나데 부른다

그리움

물안개 피어나는 강가에
아침이 밝아온다

밤사이 별님이 두고 간
풀잎에 맺힌 은구슬
태초의 신비로움에
두 손을 모읍니다

별, 바람,
구름이 머물다 간 자리에 끌려
자꾸만 서성이는 이 마음
강물에
섬 하나 있어
그리움은 맴을 돈다

강물은 어디로 흘러가는지
세월은 또 어디로 밀려가는지

강물 따라 세월 따라
나도 가야 하는지

임이여!
오늘도
그리움에
목이 어려옵니다

물무지개 곱게 뜬 강가에서…

봄이 오는 길목(1)

얼음 풀린 개울가
양지 바른 언덕에
마른풀잎 몸 부비며
해님에게 아양을 떤다

산등성이 잔설 위에
봄이 오고 있다고
산들바람이
귓속말로 속삭이고

물 위를 미끄러지는
멋쟁이 오리
물오른 버들강아지 보며
으쓱 깃털을 세운다

허리 굽은
마른 갈대 위로
버드나무 빈 가지

연둣빛 꿈에 부풀어
하늘하늘 춤을 춘다

봄이 오는 길목에서 (2)

산등성이 잔설 밟고
샛바람 귀시린 골짜기 너머
봄은 아직 멀었는데
그대 정녕 가시렵니까

갈피갈피 끼워둔
우리들의 긴긴 밤
꽃잎 같은 이야기
백년해로하자고
언약한 사연

미련 없이 내려놓고
가슴속 피울음 풀어내는
스님의 독경소리
깃털처럼 가벼운 넋이 되어
이 산 저 산
솔잎 사이로 메아리 친다

세상을 감싸듯
포근히 내리는 봄비
성급한 채비에 놓쳐버린
고운님의 숨결

님을 본 듯
양지바른 곳에 앉아
나는
또
분꽃을 심는다

춘삼월

상큼한 바람 안고
간밤에 내린 비
개나리에 물을 올리고

연한 햇살 안고
개여울에 앉은
봄내음 버들강아지
살랑거린다

수많은 사연
가지에 걸어 두고
봄바람에 연정 품은 작은새
날개마다 꽃내음 실어 나른다

분홍색으로 단장한
봄바람
내 님의 향기인가

그렇게 봄은

저만치서 내게로 오고 있다

흙!

햇살 반짝이는
텃밭에 나가
보드라운 흙 한 줌
손가락 사이로 흘려본다

상추가 쑥갓이
생명의
싱그러운 환희가
아롱아롱
아지랑이로 일렁인다

스치는 소나기에
뽀얀 속살이 터질 듯
감자가 영글고
한 차례 가을비에
온 세상 풍요로운
결실이 보인다

조건 없이 수용하고
아낌없이 다 내어주는
어머니 품속 같은 겸손
대지의 흙이여!

오늘이 비록
따스한 봄날일지라도
늘 생각하렵니다

흙에서 났으니
흙으로 돌아 갈 것을…

윤동주 시인의 언덕에서

호수 닮은 하늘
봄바람이 살랑인다
시인의 숨결 바람타고
간지럽게 속삭인다

윤동주 시인을 생각하며
주옥같은 시를
낭송하였다

작은 요정이 입속에서
시향 되어 맴돌고
깊은 우물 속 가슴에
기쁨으로 출렁인다

고향 그리며
나라 사랑하는 마음
간절한 바람되어
별을 헤는 그 마음

맑은 영혼을 토하듯
풀어내는
스물아홉 청춘이여!
잔잔하고 맑은
동주의 세계로
흠뻑 빠져 본다

바람도 머물다 가는
시인의 언덕에서…

마음이 머무는 곳

투명한 오월의 하늘은
눈부신 햇살을 휘감고
느릿느릿 흘러가는 강물은
산을 끼고 돌아간다

발길 드문 텃밭
이름 모를 풀만 무성하고
축대 위 영산홍이
주인인 듯 곱게 자리 잡았다

하늘 닿은 창가로
별이 쏟아지는 밤에는
다소곳이
그리움과 꿈이 머무는 곳

버섯 닮은 작은집에
예쁜 정자 지어 놓고
오가는 길손도

쉬어가라 손짓하며
마음 머무는 곳

주천강을 박차고 날아오른
물새의 비상에
내 마음도 함께 날려 본다

오월의 들녘

초록 벌판
농수로 비릿한 내음 맡으며
논둑길을 걷는다

돌 틈 사이
옥잠화 패랭이꽃 향이
바람으로 그네를 타며
나를 반긴다

철 따라
피고 지는 사연에
함께 웃고 우는 삶
먼 산에 뻐꾸기는 뻐꾹

담쟁이처럼
보듬고 살아온
무수한 연민을
후련히 날린다

님이여
그대 있음에
오늘도 감사로
고개를 숙이며

노을빛이 고운
오월의 들녘에서
그대를 생각한다

산성에서

진달래꽃 화사한
오솔길 걸으니
초록의 잎새들
속삭이는 소리

시원한 바람 스치는
산성에 이르니
마음의 초록바다 열려
출렁이는 젊음
그리운 날 했던 언약
추억 길에 머문다.

성곽에서 바라보는
세월에 풍화된
땅 아래 모습
숨은 듯 보이는 듯
열정의 땀방울로
살아가겠지

세상만사 다 벗은 자유
마음껏 열려라
자연이 주는 평화 속에
마음도 고요하다

숲을 가로지르는
산새의 음향
나
여기서
오늘
신선처럼 머무네

산사의 풍경소리처럼
멀리 마음 날리네

(2016.5.13. 전국 김소월 백일장 차하상)

하지감자

조심스레
흙을 헤친다
옹기종기 흙 속에서
뽀얀 친구들이 손잡고 딸려 나온다

와 주먹만 하네
이건 너무 작다
다칠세라
감자를 어루만진다

바람 불던 봄날
못난 씨감자 심어놓고
따사롭게 빛나던
하늘 올려다보며
바라던 꿈
그 꿈들이 내 꿈과 함께
오롯이 잘 영글었다

어린 시절
소쿠리 앞에서
침 넘기던 소리
뽀얀 속살
크게 한 입 베어 물면
세상이 다 내것이었지

비 오는 날
파실하게 찐 감자 앞에 두고
실타래 풀듯
끝날 줄을 몰랐던
이야기들

오늘 불현듯
묵은지 같은 친구가
보고 싶구나

해운대

잔잔한 수평선
꽃구름을 이불처럼 덮고
오색 비취파라솔은
백 가지 사연을 담고 있다

잠잠하던 바람이
백사장에 마실 나와
여인의 허리를 휘어감고
달콤한 밀어로
태양은 익어간다

간지러운 모래알
발가락 사이로 흐르고
가슴에 묻은 섬 하나
일렁이는 물결 따라
저 혼자 여행을 한다

세상을 다 품어 안은 바다
연인들 웃음소리
차곡차곡
솜사탕 같은
추억을 쌓아갈 때쯤

엉킨 마음
비단실 되어
실타래 풀리듯 풀리면
갈매기도 덩달아 꿈을 꾸는
해운대 백사장

한여름밤에

새의 깃털이 이리 가벼울까
마음은 두둥실
야! 방학이다

바닷가 한적한 곳
노송을 휘어감은 능소화
바람이 불 때마다
꽃 같은 손을 흔든다

원색의 원피스
바람에 하늘거리고
시원하고 멋진 선글라스 끼고
맨발로 사뿐사뿐 모래밭을 거닌다

황금빛 태양
바다에 잠기면
긴 세월 고이 삭인 맘
맥주거품처럼 소리없이 사라진 노을

철석이는 밤바다

서툰 기타 솜씨도 좋아라

주고 받는 눈빛

꿈으로 피워보는

한여름밤에…

호박꽃

아침이슬 맞은
말끔한 호박꽃
볕이 좋아 방긋방긋

간밤 풀벌레 소리에
마음속 엉클어진 실타래 풀고
그래도 못 다한 말
가슴을 다독인다

인내의 결실인가
연둣빛 호박

고추잠자리는
관심으로
분주히 주위를 맴돌고

우주를 안은 듯
부드러운 미소에

상처는 아물고
꿈은 영글어 간다

산사의 한나절

칠월의 태양
담밑에 엎드린
채송화 꽃잎에도
진한 사랑을 살찌우고

희고 붉은 접시꽃
줄지어 선 절마당
넙죽 엎드린 검둥이
도를 닦는 듯 고요를 즐긴다

바람에 실려오는
뻐꾸기소리
풍경소리

스님의 독경소리에 맞춰
천배를 올리는 여인의 손
너울너울
우물 속 깊은 속울음

풀어내며
훨훨 날아 간다

스치는 한 점 바람에도
자비로움 묻어나
저절로 겸손해지는
산사의 한나절

경포대의 밤

파도소리는
함성으로 터지는 불꽃
송림사이로 달님은
빙긋이 웃는다

가슴 떨리는 청춘들
기타소리
노랫소리
싱그러운 몸짓의 현란함

바라보는 시선은
무심한 파도소리로
메아리만 전할 뿐

그러나
나는 제2막 삶의 줄을 그리며
꽃처럼
달처럼 살자고

모래밭에 그림 그리는

경포대의 밤

밤이슬

이슬 맺힌 밭둑을 따라
새벽길 나서는 농부
바짓가랑이는 다 젖었다

보랏빛 가지 반들거리고
어제 못 본 오이 말쑥한 청년 차림이다
겸손한 방울토마토는 곁사리끼고
상추 잎에 구르는 이슬 또르륵 소리를 낸다
눈길 벗어난 콜라비 벌레들 천국
기하학적 무늬로 뚫려 있다

분홍 꽃을 달고 한들거리며 춤을 추는 참깨
벌들도 덩달아 이 꽃 저 꽃 기웃거리는 사이
어느새 층층이 집을 짓고
고소한 행복을 소복하게 저장한다

목 타는 가뭄에도
만물을 다 감싸 안고

밤에 가만히 이슬을 내리는 님!
해가 뜨는 아침을 축복하며
살아있는 것들에게서 향연을 즐긴다

초록이 싱그러운
칠월의 첫날에
꿈을 꾸듯 서 있는 나!

여고시절

숲속 깊은 곳
고개를 숙인 채
사각거리는 바람
갈대인 양
무시로 한기를 느낀다

늘 손님 같은 아버지
엄마는 여린 아기처럼
약봉지가 친구였지

내 꿈은 먼 하늘
아스라한 안개 속에
애타듯 가슴은 시렸지만

단짝친구
성옥, 영란아
우리는

사랑을 노래하고
인생을 이야기했지

달빛 아래 앉아
서로 토닥이고
시를 읊으며
깔깔거리는 솜사탕 같은 꿈을 꾸었지

어느덧
푸른 꿈은 애드벌룬이 되어
찬란한 빛을 보듬고
하늘 높이 날아 올랐지

이제
둥지 속 할미새는
연분홍 꽃잎 같던
먼 그 시절이
꿈을 꾸듯 그립구나

동창생

오월의
눈부신 햇살
청춘이 아니어도
젊은 마음이면 좋았다

상큼 발랄한 새침이
수다쟁이 덜덜이
듣기만 하고 웃기만 하는 은근이
멋스럽고 구수한 된장남

우리 함께 친구들과
한 마음으로 바람 드는 날

먼 산도 함께 보고
고운 꽃에 탄성하며
장난끼 가득한 눈길은
못내 정겨움에 퐁당

하늘은 맑고
라일락 향기는 그윽한데
주고 받은 우리 마음
만나면 마냥 좋은
우리는 동창생

올레길

한겨울 제주도
보드라운 바닷바람
대학원우들 마음을
하나로 모았다

삼삼오오 소곤대며
세상 사는 이야기
봄날 아지랑이로 피어오르고
뭍사람 반기는 감귤 꽃이 정겹다

파도에 씻긴 바위
저마다의 전설을 담고
굽이굽이
서귀포 언덕을 출렁인다

길섶에 핀 백년초
올레길을 지키고

억새를 끌어안고 속삭이는 바람
파도소리 따라 멀어지면

끝없이 풀어내는
천년의 제주
올레길 만큼 긴 이야기 따라
마음속 향기도 멀리 퍼진다

추억의 갈피에 꽂아 놓을까
꿈길로 두고 온 길
그곳
올레길이여…

자전거

이팝 꽃 흐드러진
강변길을
앞에 앉고
뒤에 앉고
나란히 앉아서
여유롭게 자전거를 탄다

얼굴에 스치는 시원한 바람
향긋한 꽃 내음에
마음은 이미 먼 추억길 달린다

딸, 아들
곱게 곱게 키워
땀방울로
살아온 시간들

이제
우리 두 사람

둘이 타는 자전거가
소원이라며

남은 젊음 붙잡고
자전거 페달을 힘껏 밟는다

하늘엔 흰 구름도 두둥실
지나온 칠십 평생
어느덧 시름은 날아가고

함박꽃 같은 마음은
풍선이 되어
하늘을 날은다

(2016.5.25. 제7회 전국어르신 백일장 입선)

아침에

새벽녘 눈을 뜨면
옆은 늘 빈자리

어설픈 농부는
이른 텃밭을 다 깨우고
밤새 내린 이슬로
온 몸이 젖어 돌아온다

싱그러운 아침 밥상
배춧잎에 집을 지은 달팽이며
숲처럼 자란 당근까지
밭의 이야기로 풍성하다

출근길 나서는 종로 신사
찡긋 윙크하며 작은 하트 날린다
사랑이다

세상 속으로 퍼지는

콧노래에 맞춰
너도 안녕
나도 안녕

감사로 배웅하며
기도하는 아침

꽃보다 아름다운 이름

힘든 일에 솔선하고
물질 앞에 양보하며
어른을 섬길 줄 아는 임에게
내 마음 다 주고 싶소

빛나는 예지력
만능 재주꾼!
몸으로 보여주는 겸손과 참사랑

나누는 작은 마음으로
가진 것에 자족하니
넘치는 웃음 속에
젊음은 더욱 빛이 났지

사랑하는
그대의 영성에 축복을 기도한다

그대, 아름다운 이름
프란체스카, 세라피나
마리아, 마르첼라
모니카, 아가다
파비올라, 베로니카
안나, 스콜라스티카
마리로사, 실비아
데레사, 도미나
엘리사벳, 루시아, 카타리나
도미니카, 우영임, 이영자

십 이년 세월의 수틀에
봉사란 실을 꿰어 곱게 수놓은
그대는 진정
꽃보다 아름다운 이름이었소

손녀 김유진 作

[詩]

가을 & 겨울

손녀 김유진 作

봉제산

공항로에
나지막한 봉제산!
도심 한가운데
성지처럼 도도하다

오르내리는
구불구불한 길
내리막엔 주르르
뛰어서 간다

마른 잎 두 손 비비는 소리
바람에 낙엽 장난치는 소리
심심산골 같다

단풍이 고운 산허리
오솔길을 돌아
바스락 바스락
낙엽 길 밟노라면

여인네 이야기 소리는
도란도란
실타래 풀리듯
산허리를 돌아 나오고

후다닥!
새 한 마리
떡갈나무 사이로 마실을 간다

솔향기
낙엽 밟는 소리
산 경치에 취한다

친구들아
세상 먼지 여기에
다 털어버리고
마음속 이야기

아직도 남은 이야기 있거든
우리 함께 나누자

포근한 봉제산에서…

가을이 간다

낙엽은 수없이
흩날리고
울긋불긋 가을 잎새들은
한 폭의 수채화
보내야 하는 쓸쓸함에
내내 창가를 서성인다

어느 날
날아가 버린 철새처럼
낙엽 하나하나에 새긴 이야기들
그 풋풋했던 시절
다시 돌아오지 않는 날들은
저물어 가는 노을빛에 물들고
호수만한 그리움을 남긴다

단풍잎 하나가
그때 그 시절로
길을 나선다

긴 세월 함께 한 눈빛
따스한 연민으로
살며시 창가에 기대어 보면

또 하나의 가을은
내게서 멀어져 가고 있다

순례자

가을 한복판의 성지
세상과는 별개인 듯
적막한 고요만 흐른다

아늑하고 포근한 자리
곱게 물든 단풍 둘러져 있고
산새도 바람소리에 놀라
후드득 날아오른다

다소곳이 자리한 기도터
영혼을 흔드는 그레고리안 성가
줄 지은 순례자의 발길
저마다 소망을 한 아름씩 안고
간절한 마음을 소원하고 있다

심호흡으로 사방을 둘러보다
바스락거리는 소리에 들켜버린 마음

겸손할 수밖에 없는 존재
내면 깊숙이 나를 들여다 본다

미련 없이
헌 옷을 벗고
새 순을 품은 나무들

내 삶의 정년에서
나는 무엇을 버리고
무엇을 준비해야 하나
내 인생 제 2막은…

가을날의 수채화

하늘은 높고 맑은 한낮
코스모스 너울대는 강변을
서툰 그림 그리듯
앞에 앉고 뒤에 앉아
자전거 페달을 밟는다

하늘거리며 손짓하는
꽃물결에
내 마음은 두둥실
구름 위에 떠 있다

저편에선
연을 날리는 아이들
깔깔대는 웃음소리는
대자연의 오케스트라였다

젊은 날 우리들의 추억도
어젯날 같은데…

바람에 날리는
희끗한 임의 머리에
내려앉은 햇살
어울리는 은빛이다

강물같이 흘러간 세월 앞에
가을을 담은 연민으로
몰래 속울음 삼킨다

100년을 이대로 꿈꾸어도 될까
나도 아이들 따라
조심스레 연 하나 날려본다
내 마음의 연을…

휘파람 불면

휘파람 불면
하늘 닿은 언덕에서 만났지
반딧불 나는 논길 지나
작은 냇가 외나무다리
우린 서로에게 기대며
말없이 걸었지

풀벌레 찌륵찌륵
이슬 맞은 들국화 하늘하늘
둑 길 걸으며 부르는
감미로운 노래

달빛 비친 메밀꽃 물결에
떨리는 가슴 다소곳 나누던
꽃만큼이나 많은 이야기들

개울가 언덕 위
작은 울타리에

봉숭아 채송화 꽃씨 뿌려
서로 바라보며
사슴처럼 꽃처럼 살자고

그 눈길 그 목소리
내 가슴에 있는데
아직도
내 가슴은 떨리고 있는데

세월이 데려간 그 소녀
어김없이
가을은 오고
그 소녀는
아직도 가슴 안에 있어
휘파람소리 들려오네

일월의 꿈

산을 뒤로하고 곱게 자리한
단정한 황토 집

감나무 대추나무 터를 지키고
장독대에 내려앉은 윤기 흐른 햇살
서로 부둥켜안은 탱자나무 울타리

그 안에
채송화 봉숭아
장미넝쿨 올리고
병아리 토끼 염소도 함께

해뜨기 전 텃밭
이슬이 두고 간 생명 한 움큼
바람도 함께 불러
들꽃 같은 아침 식탁을 만들자

김이 나는 차 한 잔
마주하고 앉아
흰 머리가 곱다고
세월 지나 헐거워진 신발처럼
그냥 그렇게
실없이 웃어도 좋겠지

옴팍하니 속닥하니
나 그렇게 살고 싶다고

어떤 이별

쌉싸롬한 혀끝은
밥맛을 밀어내고
어이하여
가슴 한켠이 아릿한가

한결같은 열정으로
쏟아 부은 세월이
한바탕
꿈을 꾼 듯

우리의 인연은
더불어 행복했다고
애써 다독이는
마음자리 한 켠

최선을 다했노라
아낌없는 박수를 쳐도
그래도 못 다한 마음 있어

때도 없이 어른거리는
님의 얼굴

시린 가슴은
겨울하늘에 뻥 뚫린 공백
흘러가는 시간이 약이라지만
잊지는 말아야지

동짓달 저녁 해는
피안의 언덕으로
나른한 심신을 누인다

어떤 사랑

긴 세월
모질게
서로 사랑했던 님

때가 되면 떠나는 것이
인생이라지만
가슴이 너무 아프다

싱그러운 여름 숲
골짜기에
분신처럼 새겨 둔
전설
갈피마다 묻어두고

비상의 나래 접은
한 마리 학처럼
고고히
겨울 들판에 서 있구나

망부석 되어

하늘 먼 끝자락 안고

꿈같은

봄을 그리워 한다

빙판길

어제 내린 함박눈
온 천지를
하얀 이불 덮었다

폭신한 하얀 품이 좋아
칼바람 껴안고
밤새 뛰어 놀다 간
얼음공주

반짝반짝
유리알 빙판길에
미끄럼 타는 아이들
웃음소리
얼음 위에 미끄러지고
눈 위에 뒹굴고
햇살은 시리도록 눈이 부시다

빙판을   더듬듯
한 발 한 발
내딛는 어르신
주문처럼 혼잣말

나이가 들면
무서운 게 많아져…

친구(1)

가을 저녁
스산한 찻집

추억 한 잔 마시며
미소 짓는 눈가엔
그늘이 없어 좋다
눈으로 마시는 차(茶) 맛
또한 달콤하다

녹차라테의 부드러움이
은은하게 남긴 향처럼
우리들의 가을은
찻집으로 오고

아름답게 영근 고운 감처럼
남겨진 날들에
향기로운 결실을 다짐하며

긴 여정 풀어내는

우리는

친구이어라.

친구(2)

여행을 좋아한 실비아
홀로 제주도에 갔다네
푸른바다를 배경으로 혼자 웃고
조랑말도 타고
"사람은 결국 혼자인가"
가슴은 왜 이리 찡해 오는가

우크렐레 연주, 글을 잘 쓰는 친구
성지에서의 묵상에는
무슨 기도 했을까
먼저 떠난 자에게 하소연했을까
남은 자에게 은총을,
부탁했을까

친구야!
지금의 모습으로 사는 거야
씩씩하게…

간절히 기도해 보지만
속마음은 아프다
아무도 모르는 여정
말없이 옆지기의 손을 잡는다

친구(3)

마법의 성에서 왔을까
베일에 싸인 듯
안개 같은 신비로움

자유로운 영혼은
풀밭 위에 노니는
한 마리 사슴 같다

산과 들 작은 꽃을 찾아
사진 속 세상으로
생명을 불어넣고

바람이 불면
부는 대로
긴 머리 날리며
시를 읊고
인생을 노래한다

긴 세월 함께 한 인연
차 한 잔에
담아내는 이야기는
한 권의 소설이다

벼랑 끝에서도
꽃을 피우는
바람꽃 같은 여인
그대는
내 친구

아들아!

뭉게구름을 좋아하는
아이가
피아노 건반을 두드린다
해맑은 얼굴이 구름을 닮았다
태권도를 가르치자는 아빠
음악이 먼저라는 엄마

제 둥지를 틀고
사십이 넘은 아들
엄마를 위해
'아드린느를 위한 발라드'를 연주한다

아름다운 선율
현란한 연주 솜씨보다
엄마는 지긋이
아들 얼굴에 눈이 간다

얼굴엔
조금은 세상을 배운 듯
피아노 앞에
성숙한 사나이가 있었다

생각만으로도
눈시울 뜨거워지는
가슴 깊이 자리잡은 보물

이 멋진 세상
네 꿈의 날개를
활짝 펴보아
아들아!
자유로운 영혼은
오직
너만의 것이란다

십이월의 첫날

싸한 아침공기는
살포시 햇살을 밀어
나무꼭대기 까치집에 스며든다

나풀거리던 샛노란 잎들
바람에 휘날려
한구석에 머리를 파묻고
온몸을 떨고 있다

텃밭의 무청
풋풋함 어디 가고
시래기되어 대롱대롱 난간에 매달리고
빈약하게 흔들리던 내 마음도
겸손하지 못한 나도 매달린다

창에 입김을 불며
못다한 아쉬움 독백으로 풀어 내리는
십이월의 아침

밥맛

입맛이 없다
밥맛도 없다

정 떨어지듯
밥맛이 없다

사랑은
밥처럼
나 자신을 다 주는 것이라고

밥맛이 없는 요즘
나도 정을 떼는 중일까?

아프다 가슴이…

화장을 하는 여자

거울 속에서 할머니가 웃는다
수북하게 내려앉은 눈꺼풀 사이로
보여지는 얼굴

잔주름 사잇길에
서리서리 감추인
나만의 보물
그래서 외로움이란다

정성을 다해 토닥토닥거리다
변장을 하다말고
집을 나선다

아련한 시절
청보리밭
싱그러운 봄내음에
초롱초롱한 별 같던
내 유년의 푸르름이여!

내 안 깊숙이 자리잡은
다소곳한 꽃자리
아직은 여인이고 싶어
마음자락에
촉촉한 화장을 한다

허공에 놓아버린
꿈같은 세월이
그립고 서러워도

거울 속은 언제나
라일락 향기 가득한
꿈꾸는
나만의 정원이어라

금쪽같은 일주일

월요일
남편 출근하면 부지런히 집안 정리하고
가벼운 옷차림으로 산뜻하게 나선다
파트너가 가끔
미끄러지듯 잘 못하지만
댄스 초급반 신입생인 나
뒷머리에 촉촉한 땀이 배인다

화요일
버선발로 사뿐사뿐
몸놀림이 내 맘 같지 않아도
초보가 잘한다고
선배님 격려에 용기를 내본다
우아한 우리춤을 열심히 추며
멋진 내 모습을 살며시 그려 본다

수요일
목소리가 예전과 달라

조금이라도 틀리면 어쩔까
망설이며 노래 교실 등록을 했다
빨라지는 박자를 못 맞춰도
정성껏 따라하며
고운 목소리를 희망해 본다

목요일
차를 두어 번 갈아타고
출근하는 남편보다 서둘러서
어르신들 사랑 받으며
하루 종일 노인대학 운영에 전념하는 날이다

금요일
운동을 즐겁게 하려고
라인댄스를 산뜻한 기분으로 즐긴다
쉬운 게 아니다
종일 온몸 뻐근해도
밤엔 아주 숙면이라 좋다

토요일
남편이 쉬는 토요일
함께 영화도 보고
결혼식장에 가기도 하고
주말농장을 돌보는 날이기도 하다
가끔은
좋아하는 낚시까지도
아들 딸 손녀들 다 모여서 행복한 시간이다

일요일
남편과 함께 성당엘 간다
올 때는 장도 보고
틈을 내어
까페 관리도
때론 교육도 가고, 보고서도 쓴다
친구도 만나고
모임도 해야 하고
좋아하는 음악 들으며

야외로 드라이브도 하고
사진 촬영도 즐기고
신나게 자전거도 타면서
열심히 배우고 있는 하모니카
이 가을에 할 일이 너무 많다

내 나이 65세
그래도 할머니는 싫어요

한의원에서

이리저리 휘몰린
겨울 낙엽은
추억 속에서 울고
첫추위 한기에 놀라
한의원 침대에 움츠린 나

나이를 외면한 젊음이
착각 속에 산다고
젊은 한의사
내 깊숙한 곳을 인술로 찌르네

힘겹게 길들여진 70년
누가 등을 떠밀었나
덤으로 받은 시간이
선물이었기에
하루가 너무 소중했다

다 비웠노라 했건만
깊숙한 옹이가 어느덧
혈관 구석구석에 쌓여
침 끝에 나를 맡긴다

살며시 감은 눈에
찬란하게 빛나던
화사한 봄날들이
뜨거운
눈물 되어 볼을 타고 흐르네

어느 봄
생애 최고의 날
아름다운 꽃으로
피어나기 위해
은밀하게
씨주머니 하나 걸어둔다

김포장날

뻥튀기의 고소한 냄새
품바의 너스레는
사는 이야기가 주렁주렁 열린다
장터를 돌아다니며
내 정신을 빼앗는다
봄 햇살에 졸고 있는 복실강아지와
빨간 눈의 토끼가 하얗다

장터를 돌고 돌아 들어간 국밥집
시루떡에는 김이 모락모락
엿장수의 엿가락 장단에
덩실거리는 춤
신기한 듯 손뼉을 치는
눈이 동그란 아이들

쑥
향긋한 봄내음
그 싱그러움에

돌미나리, 대파 한 단, 참깨 한 홉
통통하고 짧은 열무도 한 단,
유난히 쑥국을 좋아하던 어머니 생각에
오늘은 쑥국을 끓여야겠다

언젠가
꼭 해 보고 싶었던 하루
금방 만들어낸 어묵꼬지 한 손에 들고
풍성한 봄을 한가득 안고
집으로 향한 바쁜 걸음
마음은 저만치 앞서간다

폐지

이사 가는 날
아가의 그림 버림을 받고
소녀의 일기장
아빠의 신문
할아버지 사군자가
이웃 만나
서러운 비밀 나누며
한 덩이로 뭉쳤네

별 바람에게
하소연해도
부서지고
다져지고
물에 씻긴 나날들

나직이 건네주는 바람의 말
새롭게 태어나려는
아픔인 거야

저

푸른 하늘

꿈

몽실몽실 피우고

눈부시게 태어난

폐지

세월

붉은 해가
사뿐히 가슴에 안겨 온다
처음인 오늘
첫 설렘에
일렁이는 하루다

세상은
커다란 이야기책
나는
어디쯤에 있으며
어디쯤에서
삶의 기쁨을 알았을까

천지엔 아름다운 것들 뿐
흐르는 시냇물에
속삭이는 햇살
뽀송한 버들가지에 걸린

분홍빛 봄
작은 새의 깨알 같은 이야기소리 정겹다

산다는 건
풀잎 끝에 맺힌 이슬방울
그래도
잠시 기웃거렸을 뿐
해는 서둘러 서산으로 이울고

둥지를 떠난 별에게
통곡하는
황혼의 그림자
태고의 바람을 닮은
야속한 임

세월아!
슬렁슬렁
쉬엄쉬엄 가면 안 되겠니?

석양

해거름에 들녘 그림자 밟고
집으로 가는 농부
느릿느릿
석양이 곱기도 하구나

창가에 달아놓은
불타는 하루
부드럽게 불러 들여
다소곳이 저녁상을 차리네

노을빛 거둔 밤
별빛 한 아름 쓸어안고
가슴속 일렁이는 그리움일랑
둥근 달님에게 보내고

오늘도
평화 가득한
피안의 언덕으로 간다

[散文]

유년의 기찻길

손녀 김서현 作

유년의 기찻길

아빠와 딸이 기찻길을 걷고 있다. 텔레비전방송에서 특별기획한 가족 간의 사랑 이야기다. 요즘은 핵가족 시대인데다 생활이 바쁘다는 이유로 가족끼리도 대화가 부족하다는 내용이다. 무슨 이야기를 주고받는지, 다정히 걸어가는 모습이 무척이나 정겨워 보인다. 부녀(父女)가 걸어가는 저 기찻길은 철길만큼 긴 이야기를 담고 있는 것 같다.

어린 시절 고향 동네에도 기찻길이 있었다. 할아버지 댁은 과수원집으로 탱자나무 울타리가 빙 둘러져 있었다. 우리 집에서 할아버지 댁을 가려면 기찻길을 지나야 한다. 엄마는 나를 학교에 보낸 뒤, 늘 할아버지 댁에 가서 일을 하셨다. 할아버지 댁은 언제나 사람들로 북적였다. 과일 나무에 순을 쳐주고 거름을 하고, 종이로 과일을 싸주는 일꾼들이다. 가을에 수확을 할 때면 더 많은 사람이 매달렸다. 그러니 많은 밥을 하고 새참을 내가는 일은 작은며느리인 엄마가 해야 하는 일이다.

학교가 끝나면 나도 기찻길을 따라 할아버지 댁으로 갔다. 어른들은 위험하다고 주의를 주었지만, 그 길을 걸어 할아버지 댁에 가는 게 싫지 않았다. 엄마가 거기에 계시기 때문이다.

비가 온 뒤에는 질척한 황톳길 대신, 물을 먹고 나무계단처럼 놓인 말쑥한 침목길이 더 좋았다. 사뿐사뿐 그 침목을 밟노라면 콧노래가 절로 나온다. 누구보다 고무줄ㅂ놀이를 잘하던 나는 놓인 침목을 하나, 둘 세어가며 깽깽이발로 뛰었다.

더운 여름이었다. 철길 위로 올라서서 두 팔을 벌려 뒤뚱거리며 잰걸음으로 걸었다. 그러나 얼마 못 가서 그만 넘어지고 말았다. 엉겁결에 짚은 자갈은 생각보다 뜨거웠다. 후끈거리는 열 때문인지 거무튀튀한 침목에서 품어 나온 기름 냄새가 역겨웠다. 그런 때는 생각나는 대로 마구 노래를 불러댔다.

기찻 길옆/ 오막살이/아기 아기 잘도 잔다
칙~폭/ 칙칙 폭폭/…

저 만치서 구부러진 철길을 따라, '삐 익~' 기적 소리가 났다. 정신을 가다듬고 기찻길에서 재빨리 뛰어 내렸다. 어린 애들은 기차 바람에 날아간다며 조심하라던 어른들 말씀 대로 철길을 빗겨나 언덕 쪽으로 엎드렸다. 빠끔히 고개를 들고 기다리니 달려온 기차는 철커덕철커덕 소리를 내며 지나갔다. 너무 빠르게 지나가서 아무것도 볼 수 없었지만, 한참 뒤에야 멀리 사라지는 기차를 오래 바라다보곤 했다. 언젠가는 나도 저 기차를 타고 아빠를 만나러 갈 거라고 생각했다.

"니 애비는 농사일은 않고 서울에 뜬구름 잡으러 갔단다."

할머니는 그런 말을 하실 때마다 늘 못마땅한 얼굴이었다. 아빠가 자리를 잡으면 우리를 데리러 오실 거라던 엄마의 얼굴에도 쓸쓸함이 엿보였다.

우리 동네 앞으론 강이 흘렀다. 어느 해던가, 큰 홍수가 나는 바람에 부실했던 나무다리가 그만 떠내려 가 버렸다. 읍내로 건너가는 다리가 없어진 것이다. 어른들은 강물을 가로지르는 기찻길로 건너다니고 있었다. '나도 학교를 가야 하는데 갑자기 기차가 오면 어떻게 하지? 강물로 뛰어 내려야 하나?' 이런저런 생각에 겁이 나서 쩔쩔매고 서 있었다.

그때 큼직한 손이 나를 번쩍 들어서 등에 업었다. 아빠였다. 널찍하고 든든한 아빠의 등에 납작 엎드렸다. 땀 냄새인지 도회지 냄새인지 알 수는 없지만, 아빠의 등은 편안했다.

그후로 우리 아빠는 어디에서든 나를 지키고 계실 거라 생각했다. 사람을 하나 업고도 성큼성큼 걷던 아빠의 발 아래로 시뻘겋게 흐르던 낙동강은 지금도 내 가슴속에서 출렁거린다.

저녁이 되어서야 엄마의 일은 끝이 난다. 저녁을 먹고 난 뒤 우리는 기찻길을 걸어서 집으로 왔다. 엄마는 늘 흠집이 있는 사과나 배, 복숭아를 머리에 이고 오셨다. 동생과 나는 엄마의 손을 잡고 걸었다. 엄마는 머리에 인 광주리를 잡지 않고도 끄떡없이 잘 걸었다. 저러다가 떨어지면 어쩌나 싶어 엄마를 자주 올려다보았다. 고개를 살짝살짝 흔들며 중심을 잡던 엄마는 꼭 장날 줄타기 하는 줄광대 같았다. 엄마의 양 손에 잡힌 동생과 나는 줄광대의 손에 쥔 부채였는지 모른다.

그렇게 셋이서 걸을 때면 나와 동생에게 엄마의 어렸을 때 이야기를 조용조용 들려주곤 하였다. 이제는 그 이야기조차 기억나지 않지만, 분명한 것은 훤한 달님도 우리를 따라 오고 있었다는 사실이다.

엄마는 이따금 걸음을 멈추고는 "너희 아빠는 언제쯤 오신다니?" 하고 한숨을 쉬었다. 그럴 때마다 나는 생각했다. 아빠는 철길이 너무 길어서 못 오시는 거고, 엄마는 달빛이 너무 밝아서 저렇게 속상하신 거라고….

아빠는 자리를 잡지 못했는지 우리를 서울로 빨리 데려가지 않았다. 어린 나는 '자리'가 무엇인지 알 수 없는 숙제처럼 궁금하기만 했다.

세월은 많이도 흘렀다. 지금 고향에는 철근 콘크리트 다리가 튼튼하게 놓여 있다. 그때의 기찻길도 아직 건재하다. 그러나 조용하게 이야기를 들려주던 엄마는 안 계신다. 나를 등에 업고

걱정 없이 철길을 건네주던 아버지도 안 계신다.

저승길이 뭐 그리도 급하셨을까. 지금 내 나이쯤에 부모님은 벌써 하늘나라로 떠나셨다. 아직도 듣고 싶은 이야기, 하고 싶은 말들이 많이 남았는데….

흰머리가 늘어 갈수록 새록새록 부모님이 그립다. 큰딸인 나를 유독 예뻐하며 잘 데리고 다니셨던 아버지, 친구처럼 내 말을 들어주셨던 아버지, 나는 얼마나 아버지의 마음을 헤아려 드렸을까.

텔레비전 속 주인공처럼 엄마랑 나란히 옛날의 그 기찻길을 걷고 싶다. 이제는 나도 엄마의 한숨 섞인 이야기를 잘 알아들을 수 있을 텐데….

내 자식들에게 나는 어떤 엄마로 기억될까. 오늘 밤 유난히 달빛이 곱다.

맏이

숨이 가쁘게 산등성이를 올라왔다. 한줄기 시원한 바람에 머리를 쓸어 올린다. 저수지가 내려다 보이는 양지 바른 곳, 산새와 벗을 하며 잔잔한 미소를 머금은 엄마가 거기 잠들어 계신다.

몇 년 전에 심어 놓은 할미꽃은 어느새 다 져 버리고, 자잘한 제비꽃만 여기저기 수줍게 피어있다. 꽃들은 모두가 엄마의 말벗들이다. 어디선가 날아온 하얀 나비 한 마리가 조용히 나풀거린다. 우리 큰딸이 왔다고 엄마가 반기는 것인가.

아득히 지나간 날들이 떠오른다. 저수지 넘어 허공을 지나 먼 그때로 걸어 들어간다. 평생을 연약한 몸으로 고생을 하시던 엄마는 연분홍 진달래꽃을 유난히 좋아 하셨다. 육남매를 키우면서도 조용히 미소 짓는 얼굴엔 남달리 사랑이 많았다.

부부의 정이 깊었음에도 아버지는 날마다 술을 드셨다. 유일한 남동생은 군복무중 사고로 병원 입원실을 들락거렸다. 하나뿐인 아들의 불행을 한탄하며, 아버지는 언제나 술에 찌들어 사셨다. 결국 간경화로 시도 때도 없이 각혈을 하시며 응급실과 중환자실을 오고 갔다.

내 심장은 그때 이미 수없는 방망이질로 단련이 되고 있었다. 인생을 노래하며 풍류를 즐기시던 아버지! 나는 누구보다 그 마음을 잘 알 것 같았다.

모두가 잠든 한밤중이면 간절한 마음을 모아 울면서 기도하곤 했다. 제발 식구들을 생각해서라도 아버지가 힘을 내게 해 달라고….

엄마는 중환자실, 아버지는 응급실, 동생은 입원실에 있었던 그때, 아침에 일어나면 시간표를 짜서 순례하듯 이 병원 저 병원으로 돌아야 했다. 물론 다른 동생들도 도와주었지만, 나는 항상 마음이 바빴다. 식구들을 건사해야 한다는 보이지 않는 책임감이라고 할까. 누구보다도 정신을 바짝 차려야 했다. 내 몸이 몇 개라도 부족할 것 같은 하루하루는, 깜깜한 긴 터널 속이었다.

진달래 꽃잎이 뚝뚝 떨어지던 봄날, 엄마는 끝내 병마를 이기지 못하고 서둘러 하늘나라로 떠나셨다. 그렇게 몇 해가 흐른 뒤, 우리 육남매만 남겨두고 아버지도 결국 엄마 곁으로 가셨다.

다행스럽게도 착한 동생들은 탈 없이 잘 성장하여 제 갈 길을 찾아서 차례로 결혼을 하였다. 엄마가 병석에 계셨을 때에는 내 손으로 정성껏 혼수준비를 해 주었다. 결혼식장에서 친정엄마 자리에 앉아 속울음을 참느라 얼마나 힘이 들었는지, 이 자리에 엄마가 계셨으면 얼마나 좋아 하셨을까? 나보다 더 살뜰히 잘해 주었을 텐데, 동생이 가엾어 보였다. 그렇지만 결혼을 한 후에는 더 많은 관심이 필요했다. 신혼 초에 서로 토닥거릴 때도, 사돈댁 대소사에도, 남편과 함께 꼭 참석을 한다. 친정 부모를 대신하는 셈이다.

하나뿐인 남동생은 내 마음 안에 항상 짠한 돌덩이로 존재하고 있다. 우리가 자랄 때 동생에게 걸었던 기대는 송두리째 뒤엎어 버렸다. 긴 세월 동안 치유되지 않는 마음의 병으로 그만의 동굴 안에 갇혀서 평생을 보내고 있으니 한없이 가엾고 가슴이 아프다. 여동생들과 달리 겉도는 남동생에게 더 잘해 주지 못해서 많이 미안하다.

우리 집에 철쭉꽃이 만발했던 날, 엄마의 제사를 모셨다. 언제나 제사 때는 제부들도 함께 우리 집으로 온다. 봄에는 엄마 제사, 가을에는 아버지 제사이다. 그때마다 빠짐없이 참석하는 제부들이 고맙고, 소리 없이 잘 살아주는 동생들이 고맙고 예쁘다. 동생들에게 내가 필요하다면 언제라도 카운셀러가 되어 줄 수 있어서 좋다.

딸 다섯이 한데 모여 법석일 때는 세상이 꽉 찬 느낌이니 저절로 흐뭇하다. 이런 감정은 맏이로서 나만이 느낄 수 있는 행복이 아닐까 싶다. 요즘 막내가 아프다고 해서 계속 신경이 쓰인다.

사돈 어르신의 병환도 걱정이다.

산소를 빙 돌아가며 술을 부어 드린다. 가장 아픈 손가락인 남동생을 잘 보살펴 달라고 마음속으로 빌어 본다. 어디선가 불어오는 한 줄기 바람에 아카시아향이 묻어온다. 향긋하다. 깜깜한 긴 터널을 빠져 나온 듯한 지난 날들, 그래도 그때가 많이 그립다. 아버지 엄마라고 부를 수 있었던 것만으로도….

간간히 뜬 구름 사이로 비행기 한 대가 지나간다. 지나간 세월이 소리만 남기고 사라지는 저 비행기만큼이나 빠르다는 생각이 든다. 어느새 나도 칠십을 앞둔 할머니가 되었으니 말이다. 허공을 향해 "엄마! 아버지! 이젠 걱정 말아요. 동생들 예쁘게 잘 살고 있어요." 중얼거려 본다.

아쉬운 마음 담아 봉분의 풀을 쓸어주고 내려오는 길목 가까이서 산 꿩이 운다. 마음 풀고 잘 살라는 말인가. 내 안에 봄볕 같은 포근한 세상 주심에 한없이 감사하다. 솜털 같은 구름 한 점이 엄마 미소를 짓는다.

다리미질

"갔다 올게!"

현관을 나서던 남편이 한 손을 올리며 눈을 찡끗한다. 아무리 봐도 코앞에 일흔을 바라보는 나이로 보이지 않는다. 말끔하게 차려 입은 그 모습은 결혼하면서부터 평생을 보아온 차림새다. 남편 생일에 내가 선물한 멋진 넥타이도 돋보이지만, 흰 와이셔츠를 매끈하게 다린 내 다리미질 솜씨도 한몫을 한 것 같다.

어린 시절, 할아버지는 상주에서 큰 과수원을 하셨다. 큰댁 큰엄마는 신체도 좋고 활달하셔서 들일을 잘하셨다. 그런데 온실에서 자란 화초처럼 여린 엄마는 들일보다는 주로 집안일을 맡아서 하셨다. 많은 식구들 치다꺼리로 허리끈을 동여매고는 부엌일과 바느질로 항상 바쁘셨다.

내가 한참 잠이 쏟아지는 저녁에 엄마는 다리미질을 하셨다. 그때마다 날더러 빨래를 잡으라고 하였다. 엄마는 먼저 물을 한

모금 머금어 옷가지에 골고루 품었다. 그러고는 꼭꼭 밟아서 옆에 놓고 하나씩 털어서 다렸다. 유난히 속눈썹이 긴 엄마가 눈을 내리뜨고 옷가지를 만질 때면 곧잘 엄마의 큰 눈을 빤히 들여다 보곤 했다. 그래도 엄마는 나를 본 척도 않으면서도 내 속을 훤히 들여다보고 계셨다.

"하기 싫어도 너는 큰딸이니까 나를 도와야 쓴다."

외할머니는 나를 볼 때면, 니 에미는 눈이 크고 목이 길어서 굶은 황새 같다고 하시며 안쓰러워했다. 그래서인지 엄마를 도와야 한다고 생각했다. 주물로 된 둥그런 다리미에 숯불을 담아서는 조심스럽게 다렸다. 소매를 두어 번 걷어 올리고 다리미 손잡이를 쥔 엄마의 흰 팔목은 큰엄마의 절반밖에 안되는 것 같았다. 나는 엄마가 다리미질을 잘 하도록 팽팽하게 꼭 잡고는 힘을 주었다. 그렇잖아도 졸린데 뜨뜻한 다리미가 내 앞으로 왔다갔다 하니 자꾸 눈이 감겼다.

한번은 그만 빨래를 놓쳐버렸다. 다리미 안에 숯덩이가 쏟아졌다. "야야! 순아" 하는 소리에 깜짝 놀랐다. 엄마는 쏟아진 숯덩이를 다리미에 담으며 묻은 자국을 털어내느라 진땀을 빼고 있었다.

그때는 흰 빨래가 많았고 세탁기라는 말도 몰랐던 시절이다. 빨래를 하기도 말리기도 쉽지 않았으니 다 된 밥에 뭣 떨어진 격이다. 평소에는 작은 목소리조차 들을 수 없던 엄마가 그렇게 호

되게 꾸지람을 한 적은 없었던 것 같다.

아이들이 어렸을 때는 내가 집안 일이 서툴러 그랬는지 왜 그렇게 일이 많았는지 모르겠다. 낮에도 일을 다 끝내지 못하고 남편이 아이들과 잠든 뒤에 주로 다리미질을 했다. 와이셔츠 일곱 장을 잘 다려서 좌악 걸어 두면 스스로 뿌듯하고 만족스러웠다. 그럴 때면 어김없이 엄마의 얼굴이 떠올랐다. 정성껏 다린 옷을 가지런히 횃대에 걸어 놓고는 흐뭇하게 바라보시던 모습이. 아마 내 다리미질 솜씨는 엄마에게 물려받은 것이 아닐까.

시대가 변해서 워킹 맘들이 많아졌다. 당연히 다릴 옷들이 세탁소로 간다. 내가 아직까지 와이셔츠를 세탁소에 맡기지 않는 이유는 여러 가지다. 절약도 좋지만 더 중요한 게 있다. 다리미질에 자신이 있어 식구들 옷을 내 손으로 정성껏 다려 입히고 싶어서다. 엄마처럼 숯불을 피우지 않고 스위치만 누르면 되고, 넓적한 다리미판에 분무기까지 있으니 시간 많은 나로서는 일도 아니다.

누구나 무슨 일이든 그걸 45년쯤 했다면 전문가가 되었거나 아니면 그 분야에서 성공했을 것이다. 만약 전업주부가 아니고 다른 전공을 했다면 내 인생은 어떻게 달라졌을까. 대학 교수가 되었을까. 사업가가 되었을까. 주부로서 가족을 정성껏 돌보았고 자식들은 제각기 보금자리를 틀고 잘 살고 있으니 전업주부로서의 삶에 후회는 없다.

지금 나는 와이셔츠를 다리면서도 한없이 뿌듯하다. 또 지금까지 해온 일과 내 역할에 만족한다.

　입춘도 지났으니 곧 봄이 올 것이다. 제일 아끼는 봄옷을 다려 입고 남편과 함께　봄나들이를 꿈꾸어 본다. 세월의 주름을 펴듯 나는 또 다리미질을 한다.

흥식이 삼촌

친구의 고희연에 다녀 온 남편이 말이 없다. 나이 들어가는 친구를 보며 어떤 느낌이었을까, 생각하니 마음이 짠하다. 내 마음을 알아 차렸을까. 남편은 "당신이 함께여서 고맙소!" 하더니, 나를 유심히 바라보았다.

먼저 잠이 든 남편의 얼굴이 많이 지쳐 보인다. 사십 년이 넘는 세월을 함께 살아 왔건만, 오늘 저녁엔 자꾸 눈길이 간다. 하기야 일흔을 바라보니 주름진 얼굴은 당연하건만, 얼른 잠이 오지 않는다. 자는 척 눈만 껌벅이는데 둘이서 인생 이야기며, 꿈을 꾸며 걸었던 추억의 순간들이 엊그제 일처럼 다가온다. 요즘은 전화나 컴퓨터가 있고, 편리한 스마트폰으로 문자에서 영상까지 주고받으며 대화의 문이 열려 있다. 하지만 사십여 년 전만 해도 세월이 정체된 것 같은 그야말로 느림의 시대가 아니었던가.

그는 앞집에 살고, 나는 뒷집에서 살았다. 그는 동네에서 제일 큰 기와집의 막내아들이다. 나는 좀체 말을 하지 않는 소문난 새침데기였다.

'흥식이 삼촌!' 마땅히 부를 호칭이 없어 그의 조카인 흥식이 이름을 넣어 그렇게 불렀다. 마을 뒤쪽 인적이 드문 그곳, 바람이 부는 언덕에서 우리는 자주 만났다.

약속은 없었지만, 그는 언덕에서 항상 노래를 부르며 서 있었다. 아니, 나를 기다리고 있었다. 바람을 타고 날아 온 감미로운 그의 목소리를 나는 참으로 좋아 했다.

바람이 불면/ 산위에 올라/ 노래를 부르리라/ 그대 창까지/ 달 밝은 밤엔/ 호수에 나가/ 가만히 말하리라

또 〈어느 소녀에게 바친 사랑〉 등 내가 좋아하는 노래를 몇 곡이나 부르도록 듣고 있다가, 그가 말없이 걸으면 나도 말없이 그냥 따라 갔다. 앞에서 걷고 뒤에서 걷고….

둘이 걸어가는 논둑길을 안내라도 하는지 반딧불이 이리저리 날며 깜박거렸다. 꼭 우리를 환영해 주는 것 같았다. 얼마를 더 걸었을까. 논둑 끝자락에서 한적한 오솔길로 접어 들어서야, 서로 마주보며 소리 없이 웃었다. 그러다 조심조심 말문이 열리면 그날 있었던 시시한 이야기를 대단히 재미있었던 것처럼 주고 받았다.

가끔씩 갈대 숲을 스치는 바람소리, 밤새 소리도 간간히 우리들 이야기에 끼어 들었다. 가지가 휜 커다란 떡갈나무 있는 곳까지 갔을 때쯤엔 환한 달님도 내려다 보며 웃고 있었다. 누가 먼저였는지 무슨 말을 했는지는 모르겠지만, 얼결에 내 손이 그의 손안에 쥐어져 있었다. 그런데 너무 예상 밖이었다. 거칠고 투박해야 할 남자의 손이 아니었다. 그러나 뭔지는 알 수 없지만, 따뜻하고 그냥 좋아서 손을 빼지 않고 가만히 있었다.

'남자의 손이 이리 보드라울까? 이 사람은 일 같은 건 하나도 할 줄 모를 거야.' 하고 속으로 생각했다.

낮에 볼 때면 남자의 얼굴로는 창백하다 싶을 만큼 희고 깨끗했다. 하얀 셔츠에 곤색 버버리코트가 잘 어울려 항상 단정한 회사원의 차림새였다. 그런 모습이 얼마나 멋있게 보였던지, 아무래도 그런 매력에 끌렸는지도 모른다.

좁은 오솔길은 우리의 데이트 코스였다. 그 길의 중간쯤엔 실개천이 흐르고 작은 외나무다리가 있었다. 우리는 그곳을 좋아했다. 현기증이 있는 내가 무섭다고 하면 그가 손을 잡아주며 "겁내지마, 괜찮아!" 했다. 그곳을 지날 때마다 그때 한참 유행하던 '복사꽃 능금꽃이 피는 내고향/ 만나면 즐거웠던 외나무 다리' 노래를 불렀다. 홍식이 삼촌은 가수보다 더 노래를 잘한다고 속으로 생각했다.

다리를 건너 둑길에는 들국화와 코스모스가 바람에 하늘거렸다. 둑 아래 넓은 밭에는 메밀꽃이 한창이었다. 하얀 메밀꽃이 파르스름한 달빛을 받아 눈이 부셨다. 우리는 손을 잡고 메밀밭 한가운데로 걸어가기도 했다. 찌륵찌륵 풀벌레 소리를 들으며 나는 언제나 꽃 이야기를 많이 했다. 마땅히 다른 말을 할 줄 모른데다, 어색해서 더 그랬을 것이다. 그런 나를 좋게 보았는지, 그는 내 이름 대신 '꽃순'이라고 불러 주었다. 그때는 말을 못했지만, 다음에 시집가면 오솔길이 있고, 실개천에 외나무다리가 있는 곳에서, 욕심대로 갖가지 꽃을 심으며 살리라고 꿈도 꾸지 않았던가.

끝도 없는 추억의 오솔길을 헤매는데, 옆에서 뒤척이는 소리에 정신을 차렸다. 오랜 세월을 함께 해온 남편의 얼굴을 가만히 내려다본다.

'이 세상에 태어나서 당신을 만나 참으로 행복했네요. 딸 아들 잘 컸고, 많은 세월을 당신과 함께 무탈하게 늙어가고 있네요. 아니 익어 간다고 합디다. 여보, 고마워요!'
나는 속으로 되뇌었다.

홍식이 삼촌이 어느새 일흔을 앞두고 있다. 희끗한 머리, 간간이 주름진 얼굴 위로 서툴지만 인생을 이야기하며 꿈을 꾸며 걸었던 추억의 오솔길이 영화처럼 포개어진다.

우리 시댁은 속초

"작은어머니! 건강은 어떠세요?"

전화기 너머로 들려오는 푸근한 음성은 속초에 살고 있는 큰댁 조카이다.

내가 중학생이었을까? 그때의 까까머리 학생을 떠올린다. 앞집 뒷집에 살았고 준수한 외모에 서글서글했던 '홍식'이. 내가 그의 삼촌과 결혼을 하여 지금은 이렇게 작은어머니로 불리고 있다.

조카는 작은어머니라고 부를 때마다 돌아가신 어머니를 더 생각하는 게 아닐까. 가끔 마음이 쓰이고 애잔한 생각이 든다.

남편은 형님과 16년이나 나이 차이가 난다. 어느덧 홍식이 조카는 환갑이 넘었고, 나는 칠십이 되었으니, 십년도 채 안 되는 나이 차이로 내가 '어머니'로 불리고 있다. 세월이 흘렀음에도 말을 놓기가 어려워 가끔 멈칫하고 어색할 때가 있다.

큰댁 형님은 지병으로 환갑 전에 세상을 뜨셨다. 한 집안의 맏며느리였고 그 아래로 똑 소리 나는 시누님과 막내인 내 남편이 있다. 말수가 없는 형님은 그 시절에는 보기 드문 멋쟁이로 워낙 인물이 좋았다. 지금도 정정하신 아주버님은 내가 처음 보았던 젊은 시절엔 얼마나 멋있어 보였던지 꼭 영화배우 같았다.

시집와서 처음으로 제사를 모실 때다. 친정은 작은집이어서 나는 제사 준비하는 것을 잘 몰랐다. 일 할 줄 모르는 내가 얼마나 한심스러웠을까. 그래도 형님은 싫은 내색도 없이 나물 다듬는 거나 설거지로 가벼운 일만 하라고 시키셨다.

시아버님은 남편이 중학생 때 돌아가셨다는데 사진으로만 뵈었다. 시어머님은 함경도가 고향이시다. 전형적인 미인형 얼굴에 호리호리한 몸매로 엄청나게 부지런하셨다. 평생 장사를 하셔서인지 상냥함이 몸에 배인 분이었다.

방을 닦은 후에는 다시 손으로 방바닥을 싹싹 닦으셨다. 먼지 티끌 하나 없이 하려는 것이다. 어머니는 그렇게 부지런하고 깔끔하신데, 나는 살림엔 모르는 것 투성이고 서툴기만 하였다. 어머니 눈에 얼마나 답답하셨을까. 그래도 무슨 일이든 차분히 가르쳐 주셨다.

친정엄마는 젊으셨고 시어머님은 할머니 같았다. 그래서 나에게 더 푸근하셨는지도 모른다. 내 딴에는 시어머님 마음에 들고 싶어 많이 노력했다. 그런 노력을 친정엄마에게 반만 했어도 아마 효녀 소리를 들었을 것이다. 다행히 막내며느리에게 주는 후한

기본점수 때문에 예쁨을 받을 수 있었던 것 같다.

어머니는 우리가 결혼을 하면서부터 함께 살면서 손주들 보는 재미에 푹 빠져 사셨지만, 지금 내 나이쯤에 세상을 뜨셨다.

하나뿐인 시누님은 상냥하고 예뻤다. 가끔 나에게 엉뚱한 소리를 해서 애를 먹이며 시누이 노릇을 하였다. 몇 년 전 지병으로 돌아가실 때는 나에게 미안했다는 말을 해서 얼마나 울었는지 모른다. 안타까운 마음으로 시누님께 바치는 시 한 편 쓰기로 하였다. 시누님 생각을 하면 미인박명이란 말이 가끔씩 떠오르곤 한다.

우리는 일 년에 몇 번씩 속초에 간다. 그곳에는 큰댁 아주버님과 조카, 그리고 부지런하고 사근사근한 조카며느리가 있다. 조카의 슬하에는 수빈, 수원이 남매를 두었고 딸 수빈이는 결혼을 하였다. 제사 때는 봄이라서 소양강을 끼고 구불구불한 춘천 옛길을 따라간다. 청량한 공기 속으로 차창을 열고 가노라면 먼 산에 진달래, 산 벚꽃이 한창 만개하여 아름답기 그지없다. 주변 풍광에 흠뻑 빠져서 남편에게 자꾸 쉬어 가자고 조른다.

미시령고개에서 내려다보는 검푸른 바다는 언제 보아도 답답했던 가슴이 시원하게 뚫린다. 수도 없이 보아 온 울산바위를 또 보고 있느냐며 서두르는 남편은 형님을 얼른 보고 싶은 아우의 끈끈한 정이 아닐까.

조카며느리는 큰 식당을 운영하느라 바쁜 중에도 속초의 싱싱한 회를 준비해 우리의 혀끝에 맛깔스런 호사를 안겨준다. 언제 보아도 싹싹하고 기특한 조카며느리다.

제사를 모시고 돌아오는 길에는 묘한 무언가를 느낀다. 송홍, 송희, 정미 여동생만 셋을 둔 조카는 우리보다 젊어서일까. 무슨 일이든 색다른 일을 잘한다. 등산, 자전거타기를 비롯해 갖가지 운동을 하면서 누구보다 멋지게 살고 있다. 속초 시내에 자신만의 공간에다 1천 장이 넘는 LP판을 소장하고 있다. 몇 가지의 악기와 음악을 들을 수 있는 작은 카페를 만들어서 즐기며 산다. 나로서는 감히 생각도 못해 본 낭만이 아닌가.

무엇보다 조카 내외가 서로를 이해하고 상대의 취미를 존중해 주며 현명하게 살고 있으니 보기만 해도 흐뭇하다. 아주버님이 자식들 걱정하지 않게 지금처럼만 건강하셨으면 좋겠다. 아주버님을 생각하니 조카며느리가 한없이 고맙다.

며칠 있으면 삼월인데 날씨는 여전히 쌀쌀하다. 그래도 어딘가 봄은 오고 있겠지. 어서 꽃피는 사월이 왔으면 좋겠다. 속초 앞바다가 확 트인 곳에 얼른 가고 싶다.

이번 제사 때는 아들과 함께 가자고 해야겠다. 길이 멀어서도 그랬겠지만, 늘 회사 일이 바쁘다는 핑계로 참석을 못하였다. 많지 않은 사촌끼리의 끈을 우리 대에서 잘 이어줘야겠다. 딸은 시집을 가서 그렇다 해도, 그동안 지윤이가 고3이라고 꼼짝 못한다 했지만, 이제는 대학에 잘 들어갔으니 가벼운 마음으로 함께 가자고 해야겠다.

　마음이 넉넉한 멋쟁이 조카가 살고 있는 시댁에 가고 싶다. 조카 내외의 싱싱한 삶의 기운을 받아 오고 싶다. 우리의 지난 시절을 알고 있는 추억이 있는 곳.

　우리 시댁은 속초…….

나는 큰언니

　동생들은 각자의 보금자리로 떠났다. 시끌벅적 활기 넘치던 우리집이 썰물 때처럼 텅 비어 허전하다. 긴장이 풀린 듯 나른하고 멍 하다. 나름대로 음식 준비를 한다고 했지만, 부족한 건 없었는지 모르겠다. 그래도 마음씨 고운 내 동생들인데 어떠랴.

　나는 딸 다섯 중의 맏이다. 친가에서 막내인 남편은 내 덕분에 큰형님이 되었다. 그 역할이 좋은지 아랫동서들을 끔찍이 아끼며 자주 챙긴다. 전화도 자주 하고 오늘처럼 일을 벌이기도 한다.

　열심히 사는 동생들이 장하다며 기꺼이 집으로 초대를 한다. 굳이 이름을 붙이자면 새해를 맞아 무탈하게 살기를 바라는 마음이고, 우리가 이사를 가야 한다는 이유를 붙여서…. 동생들을 반기기라도 하듯 10년 넘은 영산홍이 부지런히 꽃을 피었다. 큰나무에 꽃까지 많이 피었으니 거실이 다 환하다.

　내가 할 일은 먹을거리 준비다. 열 명이 이틀 동안에 무얼 맛있게 먹을까 편하게 회를 떠다 준비할까. 아니다. 손이 많이 가더라도 모두가 좋아하는 것으로 해야지. 싱싱한 것을 먹이고 싶어 멀리 발품을 팔기도 했다. 기꺼이 동행해준 남편이 한없이 고맙다.

우웃빛 도는 토실한 굴을 듬뿍 사다 소담하게 담고, 게장도 무치고, 돼지고기는 삶아서 얇게 썰었다. 막내가 좋아하는 등갈비도 구웠다. 동생들이 다 좋아하는 무시래기는 들기름에 뭉근하게 볶아서 수북하게 담았다. 봄동 겉절이와 잡채, 아삭이 고추, 당근, 오이를 화려하게 담아내니 그럴싸한 잔칫상이다. 양파, 청·홍 고추를 새콤달콤하게 피클도 만들었다. 해물을 듬뿍 넣은 해물파전을 부쳐 큰 쟁반에다 피자처럼 잘라 내었다. 겉잎이 파란 잘 익은 김치, 총각김치, 갓김치도 담아냈다.

완전한 무공해로 주말농장에서 내가 손을 놀린 결실들이다. 뿌리가 굵고 통통한 노지 시금치에 조개를 넣어 된장국도 끓였다. 제부들은 처형이 애썼다며 국을 두 그릇씩이나 비웠다. 동생들도 언니가 한 건 다 맛나다고 한 마디씩이다. 기분좋게 건배도 했다. 분위기가 무르익자 막내가 노래방에 가자고 바람을 잡자 2차가 시작되었다.

추운 밤에 잔뜩 끼어 입고 출동을 했다. 적극적으로 사는 사람들은 예능에도 능한 것 같다. 모두 노래도 잘하고 끼들이 넘친다. 남편은 여기저기서 "형님! 형님! 형부! 형부!" 하고 불러대니 마냥 즐거운 모습이다. 덩달아 나까지 들떴다. 하필 그 순간에

친정엄마 생각이 났다. 엄마는 지금 우리들의 모습을 보고 계실까?

엄마는 집보다 병원에 있는 날이 더 많았다. 일찍이 엄마가 병석에 누우신 뒤, 부모님 대신 동생들 넷을 내 손으로 시집을 보내지 않았던가. 그때는 나도 젊어서 아직 세상살이에 어두웠다. 그렇지만 혼수 때문에 동생이 기죽을까 봐 넉넉히 준비를 했다. 혼수를 사돈댁에 실어다 주고 돌아올 때, 자식을 떼어놓은 것처럼 못 잊히고 복잡했던 순간을 아직도 잊을 수가 없다.

그렇게 하나 둘 시집을 보냈는가 싶은데, 어느 때는 산다, 못산다 하여서 우리 부부를 애타게 했다. 이제는 다들 소리없이 잘 살고 있으니 기특하고 마음이 놓인다. 생각해 보니 더 잘해 주지 못한 일만 새록새록 떠오른다. 동생들은 내가 점점 엄마를 닮아간다고 한다. 모두들 엄마가 그리운가 보다. 그래서 가끔은 나를 보며 엄마를 생각하는 걸까.

자정이 훨씬 넘은 시간, 세상에서 제일 맛난 울마님표(우리마님표) 국수를 안 먹으면 못 잔다는 남편 등살에 이번엔 야참이다. 푹 우려낸 멸치 국물에 오돌오돌한 면발 위에 고명과 양념장을 얹어 부랴부랴 대령을 했다. 시원하다며 모두가 한 그릇씩 뚝딱 비우고는 엄지손가락을 세운다. 처형표, 언니표 국수가 최고란다. 머쓱하면서도 마음만은 한없이 뿌듯하다.

넓은 방을 비워두고 남자들은 거실에다 자리를 잡았다. 무슨 비밀 얘기가 그렇게 많은지 쑥덕쑥덕 두런두런 잘 생각을 않는다. 안방에서는 동생들과 어렸을 적 이야기를 하느라 잠은 십 리쯤 달아나 버렸다.

새벽에 일어나 시원한 북어국과 주말농장에서 수확한 들깨 부각을 곁들여 아침 준비를 했다. 후식을 먹을 땐 요즘 귀촌을 준비하는 넷째 제부가 단연 화제의 중심이다. 이젠 한데 모여 살면 좋겠다는 말을 꺼내자 모두 찬성을 했다. 그런데 셋째 동생이 갑자기 손을 들더니, '우리 장 서방은 게을러서 안 돼요.' 한다. 무슨 때면 지각을 하는 제부를 바라보며 모두가 폭소를 터트렸다.

우리는 겨울 강변을 끼고 시원하게 드라이브도 했다. 딸 다섯에 다섯 동서의 정겨운 1박 2일을 그렇게 마무리했다.

동생들은 목련꽃이 피는 엄마 제사 때 다시 만나기로 하였다. 친정 부모님 제사를 내가 모시는 것도 남편이 나에게 쏟은 속 깊은 선물이라고 생각한다. 나는 고맙다는 말 대신 그이의 얼굴만 한참이나 바라보았다. 막내며느리로서 결혼하면서부터 시어머님을 잘 모시고 잘 살아주었다고, 남편이 내게 주는 선물이 아닌가 하고….

제부들이 좋아하는 밑반찬과 몇 가지 과일을 차에 실어주었다. 무엇이든 다 싸주고 싶다.

막내의 얼굴이 자꾸 걸린다. 어디 아픈 건 아닌지, 셋째는 너무 살이 빠진 것 같아 걱정이다. 이런저런 생각이 꼬리를 무는데 벌써 잘 도착했다는, 언니 수고 많았다는 문자가 연달아 들어온다. 공연히 걱정을 말라는지 환하게 웃고 있는 영산홍 송이마다 동생들 얼굴이 포개진다.

무심코 올려다 본 하늘엔 엄마 구름이 웃고 있다. 다음에 엄마를 만나면 무슨 말씀을 하실까. 큰언니 노릇 잘했다고 하실까.

그곳에서

어제가 춘분이었음을 알리듯 창밖에는 봄 햇살이 화사하다. 봄을 시샘하는지 바람은 나뭇가지를 흔들고 있다. 그런데 팔 다리 어깨가 이렇게 쑤시고 온몸이 천근만근이다. 어제 무리하게 일을 했나보다. 일할 때는 힘든지도 모르고 재미가 있었는데, 아무래도 몸살이 날 것만 같다.

몇 년째 버려두었던 나의 공간은 치악산 자락에 있다. 올라가는 길이 조금 가파르다. 멀리 주천강이 내려다보이는 청정지역이다.

16년 전, "큰 수술을 한 사람은 누구나 도시생활보다는 공기좋은 곳에서 요양을 해야 한다"며, 남편이 나를 위해 마련해 주었다. 모처럼 부지런을 내서 축대에 있는 개나리를 꺾어 마당가 둔덕에 꽂았다. 산자락 흘러내리는 곳에도 꽂았다. 몇 년 사이에 몰라보게 우뚝 자란 소나무들의 잔가지도 쳐주고, 따사롭고 맑은 봄햇

살 아래서 솔향기 맡으며 땀을 흠뻑 흘렸다

페인트가 벗겨진 컨테이너박스, 나의 공간으로 들어갔다. 바닥에는 예전에 쓰던 카펫이 깔려있고, 얇은 이불과 작은 가스난로도 있다. 언제든 무엇이라도 끓여 먹을 수 있는 주방용품이며 식탁도 있다. 타원형의 식탁에 눈길이 머물자 우리 애들의 어릴적 모습과 끝없이 조잘대던 이야기들이 뒤섞인다. 한 살림을 차려도 손색없는 낯익은 공간이다.

몇 가지 준비해 간 간식을 꺼내놓고 남편과 마주앉았다. 남편의 머리 위에 붙은 솔잎을 털어주다 보니, 땀 흘린 옆모습이 새삼스레 멋지다.

"당신 은근히 멋지네!" 하며, 빙긋이 웃는 나에게 남편도 놀리듯 한 마디 한다. "당신은 아직도 철없는 할머니라고…." 지지직 기름을 튀기며 데운 오리훈제를 한 점 집어 얼른 남편의 입에 넣었다. 그러고 보니 막걸리가 빠진 것이 너무 아쉽다.

언젠가 마당 옆에 있는 바위를 그대로 둔 채 사이사이에 진달래와 작은 소나무를 심었다. 강산이 한번 바뀌고 나니 그 나무들이 훌쩍 자라 넓은 그늘을 만든다. 정자가 필요없는 멋진 솔밭 숲이다. 그런데 등나무는 이 나무 저 나무를 칭칭 감고 올라가는 무법자다. 안되겠다 싶어 뻗어가는 넝쿨을 잘랐더니 아프다는 듯이 허연 진을 내뱉는다. 마치 내 손을 베인 듯이 미안한 생각이 앞선다. 그 옆으로 대추나무 몇 그루가 서 있는데 갈 때마다 눈여겨

볼 뿐, 작은나무여서인지 거름이 부족한 탓인지 아직 대추 구경은 못했다.

여기저기 마음대로 퍼져 자란 두릅나무에서 놀던 산새 한 마리, 가시에 다치지 않았는지 휘리릭 날아간다. 율동하듯 멋진 날갯짓에 내 마음도 따라 날아본다. 긴 축대 위에 자리 잡은 영산홍은 어느덧 고목이 되었다. 머지 않아 곱게 피워낼 꽃잎을 머금은 듯, 야무진 꽃망울을 달고 나의 빈 공간을 지켜주고 있다.

밀짚모자를 쓴 내 얼굴은 온통 땀으로 범벅이다. 깔고 앉을 것을 찾을 필요도 없이 다리를 뻗고 땅바닥에 철퍼덕 앉았다.

후우, 길게 심호흡을 해 본다. 지나간 아픔을 떠올리고 싶진 않지만, 덤으로 받은 은혜로운 시간이다. 보이는 곳마다 모두가 아름답다. 그지없이 찬란한 세상이다. 상큼한 공기를 마음껏 들이마시니 가슴까지 후련한 봄날이다.

이렇게 가끔씩 찾아갈 뿐, 아직까지 나는 도시를 떠나지 못하고 있다. 나의 공간에 가면 그곳에서 살고 싶고, 집에 오면 또 집이 좋다. 남편이 지금도 직장을 다니니 도시를 훌쩍 떠나지 못한다.

그곳은 눈이 즐겁고 공기는 좋을지 몰라도 아직 나는 사람이 더 좋다. 소중한 지인들과 맺은 끈끈한 정 때문에 이렇게 도시 속에 산다.

빨간 장화

종일 내리던 비가 저녁때가 다 되어서야 그쳤다.

늦게 온다는 남편 전화를 끊자마자 서둘러 옷을 갈아입었다. 빨간 새 장화를 찾아 신고 집에서 그리 멀지않은 주말농장으로 향했다. 어제 오늘 비가 내렸으니 상추랑 쑥갓이 얼마나 자랐을까? 감자꽃도 많이 피었겠지. 내가 관심을 쏟는 토마토 다섯 그루는 비바람에 쓰러지지 않았을까? 아니, 채소들이 물에 잠기지는 않았을지, 이런저런 생각을 하며 들길을 걸었다.

빨간 장화를 신고 걸으니 아이처럼 재미있고 신이 났다. 이렇게 장화를 신어 보기는 태어나서 처음이다. 어릴 때 옆집 영희의 빨간 장화는 세상에서 제일 예뻤다. 그 장화가 어찌나 부럽던지 몰래라도 한번 신어 보고 싶었다. 우리 집은 넉넉지 못한 살림에다 동생들이 다섯이었으니 무엇이든지 내 차례까지는 엄두도 못 냈다. 유년시절에 그토록 갖고 싶었던 빨간 장화를 내 나이 육십을 훌쩍 넘어서야 남편한테 선물로 받았다.

길옆 흙탕물 속을 첨벙첨벙 걸어가 본다. 나도 모르게 웃음이
났다. 물 묻은 빨강색의 장화가 아무리 봐도 예쁘다. 주변을 둘
러보니 들길에는 아무도 없다. 나는 일부러 엉덩이를 내두르며
걸었다. 또 사뿐사뿐 걸어도 본다. 빨간 장화를 신었으니 아무래
도 물속을 첨벙거리며 걷는 것이 제격이고 재미도 있다. 이런 나
를 응원을 하는지 우습다는 것인지 개구리들이 요란하게 울어댔
다.

길가에는 온통 토끼풀로 초록 들판이다. 줄기끝에 나비가 앉
아있는 것 같은 하얀 꽃이 송알송알 은방울을 이고 있다. 마치
흰 점을 찍어 놓은 듯 온통 꽃잔치다. 흠뻑 비를 머금은 풀잎들도
싱그러운 풀 향기를 품어댄다. 저벅거리는 내 발소리에 놀란 콩새
들이 포로롱 날아간다.

우리는 지난 해에 이곳으로 이사를 왔다. 처음엔 해가 지면 조
용하고 풀벌레 우는 소리도 낯선 소음이었다. 한참 동안은 시원한
공기마저도 차갑게 느껴질 만큼 적응이 안 되었다. 그런데 지금은
이사를 잘 왔다는 생각까지 든다.

도시 같은 농촌이자 농촌 같은 도시인 이곳 김포를 나는 좋아하
게 되었다. 무엇보다도 시골스런 풍경을 쉽게 접할 수 있고, 작은
밭에 심고 가꾸는 일을 즐기고 있다. 서울도 가깝고 교통도 좋으
니 취미 활동도 얼마든지 할 수 있다. 또, 닷새에 한번 서는 장날

을 나는 무척 즐긴다. 내 빨간 장화도 지난 장날에 남편이 사 준 것이다. 장터에서 내가 얼마나 좋아하며 웃었던지, "어이, 할머니, 언제나 철이 들 거요?" 하며, 남편도 활짝 웃지 않았던가.

　요즘 우리 부부는 서너 평 되는 농장을 들여다보는 재미에 푹 빠져 산다. 농사 일을 모르는 남편이 어설프지만 밭일을 열심히 하는 모습에, 옆집 할아버지가 이것저것 일러주신다. 푸근하고 친절한 그 어르신께 막걸리를 대접하는 남편의 마음씀이 또 다른 매력으로 보였다.

　상추 잎에는 은구슬들이 번득이며 굴러 내린다. 마치 내 영혼이 씻기어지는 느낌이다. 서툰 솜씨로 뿌린 씨앗이 싱그런 야채로 빼곡하게 자라고 있다. 상추와 쑥갓은 솎아서 아들 딸 손녀들 불러 고기를 싸먹어야겠다. 얼갈이배추는 살짝 데쳐 조갯살을 넣고 된장국을 끓여야지. 생각만 해도 입에 침이 돌고 벌써 흐뭇해진다.

　내 손으로 정성 들여 가꾼 무공해 야채를 먹는 행복감을 무엇에 비길 수 있을까.

　적당한 노동을 한 뒤 꿀맛 같은 단잠을 자고, 복지관에서 다양한 프로그램에 참여도 하며 즐겁게 산다. 십 년 동안 지치지 않고 열정을 쏟은 나의 역할이 있고, 아직은 나의 존재를 확인할 수 있는 봉사활동도 할 수 있으니 얼마나 다행인가.

　아름다운 노년이란 어떤 것이고 더 이상 무엇이 필요하단 말인

가. 하루하루가 감사하고 새로운 날이다. 이 순간에도 작은 농장의 생명들은 흙을 비집고 쑥쑥 자라고 있겠지.

딸!

"엄마, 냉동실에 넣어 놓았으니 하나씩 꺼내서 쓰세요."

시집 간 딸이 가끔씩 잊지 않고 갖고 오는 것이 있다.

"두 식구 사는데 얼마나 필요하다고, 너희나 두고 쓰지 않고…." "그래도 엄마는 우리보다 많이 쓰시잖아요." 부엌에서 음식하는 것을 좋아하는 나를 두고 하는 말이다.

언제부터인가 딸애는 친정에 올 때마다 다진 마늘을 팩에 얌전히 얼려 갖고 와, 내가 하나씩 꺼내서 쓰기 좋게 한다. 요것조것 조물조물 무치고, 볶기를 좋아하는 나는 얼마나 편리한지 모른다. 아무래도 엄마와 딸이 역할이 바뀐 것 같다. 내 딸이 속이 깊다고 생각하니 고맙기도 하고 기분이 좋아져서 혼자 피식 웃음이 나온다.

내겐 딸 하나, 아들 하나가 있다. 내가 맏딸이었듯이, 큰애는 자랄 때부터 동생을 잘 챙겼다. 길에 나서면 함부로 뛰어다니는 동생을 챙기느라 걱정이 이만저만이 아니었다. 머리를 묶어 달 랑거리는 모습이 보기 좋았는지 아들은 짓궂게 머리를 잡아 당기 며 누나를 귀찮게 굴었다. 구슬 같은 눈물을 뚝뚝 떨구면서도 그 런 동생을 한 번도 때리지 않았던 딸이다. 엄마 보는 데서 한번 때려보라고 했지만 동생을 어떻게 때리느냐고 한사코 그냥 둔다. 불과 두 살 위였지만, 누나는 누나였다. 내게 한 번도 혼나 본 적이 없는, 야무지고 똑소리 나는 착한 딸이다.

그애가 서너 살 때이던가? 방 앞에는 조그만 마루판이 있고, 바로 부엌이 있는 집에서 살았다. 연탄불에는 늘 끓는 물솥이 올 려져 있었다. 엄마만 졸졸 따라 다니는 아이를 보살피며 밥을 지 을 때면 언제나 아슬아슬하고 겁이 났다. 궁여지책으로 부엌 한 구석에 매달려 있는 통마늘을, 작은바구니에 담아서 까보라고 방 에 눌러앉혔다.

방문을 열고 앉아서 나를 보며 조그만 손가락으로 바스락바스 락 만지작거리며 잘 놀았다. 가끔씩 내 눈과 마주칠 때면 까만 눈동자가 반짝거렸다. 아주 잘하고 있다고 칭찬해 주면, 방그레 웃으며 얌전히 앉아 놀았다. 그래서인지 자랄 때도 늘 마늘만 보 면 제가 까겠다고 나서곤 했다.

딸에게는 중1, 초등학교 5학년인 늘씬하고 아주 예쁜 두 딸이 있다. 아이들 교육엔 어느 집 못지 않아서 진작부터 집에는 아예 TV가 없고, 방과 거실 벽면은 온통 책으로만 가득하다. 아이들은 늘 책만 갖고 논다. 천 권을 넘게 읽고 자란 탓일까. 글짓기상, 미술상을 휩쓸고 공부도 잘한다. 또 운동과 방송 등 특별활동으로도 바쁘기 때문에 말하지 않아도 뒷바라지가 만만치 않아 보인다.

딸은 논술교사이면서 학교에서 책 읽어주는 어머니 봉사도 몇 년째 하고 있다. 가끔씩 출강도 하는 우리 딸, 그 바쁜 와중에도 친정엄마를 생각해 마늘까지 얌전히 준비하여 갖다 준다. 속 깊은 착한 딸이다. 늘 소리없이 지원해 주는 든든한 사위에게 혹여 소홀하면 안 된다고, 나는 딸에게 가끔 한 마디씩 해 준다.

요즘은 딸과 이것저것 부쩍 이야기가 많아졌다. 동성으로서 잘 통하는 그 무엇이 있는 것 같다. 나도 모르는 사이에 칠십을 앞에 둔, 여자로서의 사소한 감정까지 딸에게 털어 놓는다. 딸은 어느새 내 맘을 알아주고 이해해주는 친구가 되어 있었다. 아주 든든한 친구다.

오늘도 전화기 속에 들려오는 딸의 명랑한 목소리에 활력을 넘겨 받는다.

"사랑하는 우리 딸, 그래, 오늘도 화이팅이다. 화이팅."

가을이 오는 길목

  이른 아침이다. 텃밭에 가려면 작은 농수로를 끼고 가야 한다. 늘 아끼는 빨간 장화를 꺼내 신고 밭으로 간다. 가을 가뭄에 농수로의 물도 적게 흐르고 있다. 논에는 지금 한창 벼가 익어가고, 나는 이렇듯 나락 익는 구수한 냄새가 좋다. 어제보다 오늘은 조금 더 고개를 숙인 것 같다. 논두렁의 콩들도 실하게 익어가고….

  메뚜기가 있을까 기웃거려 본다. 메뚜기는 구경도 못하고 공연히 잠자던 작은 개구리에 놀라기만 했다. 남의 농사를 잘 알지도 못하면서 이리저리 심사도 해 본다. 먼 데서 개들이 요란하게 짖는다.

  농수로를 끼고 가다보면 작은 원두막이 있는 곳, 거기에 우리 밭이 있다. 장갑을 찾아서 끼고 여기저기 밭을 둘러본다. 밤사이 훌쩍 자란 듯 싱싱한 김장 배추와 당근, 상추, 양배추가 반짝이는 이슬을 머리에 얹고 있다. 몇 뿌리 안 되는 생강은 언제나 제 구실을 하려는지 빈약하기 그지없다. 그래도 아직 몇 개의 반짝이는 가지가 달려 있다. 올해 마음먹고 긴 이랑에 심은 들깨나무가 지금 한창 꽃들이 피고 있어서 마음이 흐뭇하다. 고추를 다 따버린 고추나뭇대는 제 할일을 다했다는 듯, 더러 달린 붉은 고추를 모조리 벌레에게 헌납하며 이웃돕기를 하고 있다.

여름내 싱싱하고 짭쪼롬한 반찬이 되어주던 오이 다섯 포기, 내 입을 행복하게 해 주던 토마토 다섯 포기는 이제 수명을 다 해가는지 넝쿨이 누렇게 변해 간다. 널브러진 땅콩 고랑을 지나, 고구마줄기를 걷어 올려 주다가, 문득 하늘을 본다. 맑다. 깨끗하고 푸른 하늘이다. 내 가슴속까지 파래진다.

낮에는 얼마나 뜨거울까? 한 줄기 새떼가 지나간다. 바람에 흔들리는 수수를 꺾으려고 나는 발돋움을 한다. 토실하게 영근 것은 벌써 고개를 숙이고 있다. 처음에는 잘 되는 것 같더니만 대부분 쭉정이다. 실패다. 남편이 너무 일찍 양파망을 씌웠기 때문이란다. 새가 먹을까 봐 망을 씌웠으니 내 탓이다. 차라리 참새와 나눠 먹을 걸, 농사에 무식한 내가 다 된 밥에 뭐 빠트린 격이다. 정말 농사 아무나 하는 것이 아니라는 것을 이제야 알 것 같았다.

그래도 한 무더기의 팥나무에 꽃이 한창이고, 내 손에는 몇 포기 수수와 보기에도 아까운 매끈한 애호박이 들려 있다. 비록 바짓가랑이는 다 젖었고, 몸은 땀에 흠뻑 젖어 있지만, 내 얼굴엔 행복한 미소가 젖어 있지 않은가.

이제, 밭에 있는 농작물은 따가운 가을 볕에 하루가 다르게 영글어 갈 것이다. 여름내 부지런한 농부였던 나는 감히 알찬 수확을 꿈꾸어 본다. 가을이 오는 길목에서 풍성한 텃밭을 그려본다.

마음이 먼저 풍년을 맞은 무지한 농부의 마음이다.

잠시만요!

사우동 행 버스가 막 출발했다. 가냘프고 어릿한 소녀가 손을 흔들며 뛰어오자 스르르 차가 멈췄다. 남녀가 얼른 차에 올랐다.

"아가씨가 예뻐서 태웠더니, 남자 친구를 달구 탔네!"

짓궂은 듯 웃으시는 기사아저씨는 마음씨가 좋아 보인다. 소녀의 얼굴에 솜털이 보송하다. 남친도 준수한 외모다. 풍기는 순수함이 아무리 봐도 잘 어울린다. 풋풋함이 전해오는 청춘들, 나까지 기분이 좋아지는 건 왜일까.

차창 밖을 향한 눈앞에 아스라이 그림 한 장이 펼쳐진다. 먼 옛날 나도 가냘픈 소녀였다. 유난히 옷맵시가 곱다는 말을 자주 들었다. 잔뜩 멋을 부리며 추운 날도 미니스커트를 즐겨 입었다. 동네 남자들에게 도도하다는 말을 들으면서 그놈의 인기는 하늘 높은 줄 몰랐다. 나를 보면 까만 승용차가 미끄러지듯 다가와 "아가씨! 태워줄까요?" 했다. 쌩콩 같은 성격이라 한 번도 탄 적이 없다. 나도 저 소녀처럼 청순했던가?

내 몸을 내려다본다. 피식 웃음이 난다. 정말로 볼품이 없다. 몇 십 년 된 통나무다. 나도 저런 때가 엊그제 같은데…. 참,

"이번 정류장은 사우고교 앞!" 달콤한 회상에서 화들짝 깨고 말았다.

"어, 잠깐만요!"

혼자 놀라서 출발하려는 버스를 세우고 서둘러 내렸다. 칠십을 앞둔 할매가 이 무슨 망상이란 말인가. 생각을 들킨 듯, 얼굴이 화끈거린다. 공연히 멋쩍어 혼자 웃었다.

머릿속에는 온통 두 청춘이 웃고 있다. 기사양반 덕분에, 아니 그들 덕분에 나까지 잠깐 행복했다. 앳된 연인 덕에 집으로 가는 발걸음이 리듬을 탄다.

색다른 휴가

몇 년 전만 해도 우리는 콘도가 있었다. 휴가 때면 으레, 자식들과 손녀들을 데리고 청평이나 설악으로 가곤 했다. 우리는 2박 3일 동안 마음 놓고 즐길 수가 있었다. 이제는 그 아이들이 다 커버려 한가할 시간이 없다.

어느새 큰손녀 지윤이가 고3 수험생이고 그 아래로 지원이가 고1이다. 아들네는 그야말로 초비상인 수험생 집안이다. 애들 때문에 이젠 꼼짝도 못한다. 그래서 아들네는 1월에 미리 일본으로 가족 여행을 다녀 왔단다.

힘들게 공부하느라 애쓰는 창백한 지윤이 얼굴이 자꾸 떠올라, 밭에 있는 푸성귀를 이것저것 뜯고, 고기도 넉넉히 사서 아들 집에 들렀다.

내가 아들을 낳아 다 키워서 분가를 시켰건만, 어쩐지 아들네가 남의 집인 양 어색했다. 집안 이곳저곳을 기웃거리다 말고 며느리가 시어머니 노릇한다고 할까봐서 얼른 자리에 앉았다. 저녁까지 먹고 아들며느리 배웅을 받고 나왔다.

'나 참! 사람들은 왜 아들네 집에 자주 가면 안 된다고 할까? 손녀들 보러 자주 가고 싶은데….'

지난 주에는, 평촌에 있는 딸네가 애들 방학했다고 얼굴 도장 찍듯이 하루 다녀갔다. 유진이가 중1, 서현이가 초등학교 5학년이다. 그애들도 무엇이 그리 바쁜지 시간이 없단다. 이번에 왔다 간 것도 "너희들 오면 시원하게 해 주려고 에어컨 새로 장만했다."고 몇 번 전화를 건 덕분이다. 부산을 떨고 손주들이 좋아하는 걸 몇 가지 챙겨 먹였는데 잠깐 있다가 썰물이 빠져나간 듯 가버렸다. 멍하니 거실에 앉아 있는 나에게 남편이 한마디 건넨다.

"이제 당신하고 둘만의 휴가를 보냅시다. 자식들은 다 바쁘다잖우."

집에서 혼자 에어컨을 틀고 있으려니 서점에 가고 싶었다. 일찍 서둘러 버스를 타고 지하철을 타고 시내 중심에 있는 서점엘 갔다. 교보문고에는 발 디딜 틈 없이 사람으로 붐볐다. 젊은이들 틈에 끼어서 보고 싶은 책을 컴퓨터로 검색하여 고르기도 하면서 그곳 분위기에 젖어보고 싶었다. 나도 한쪽 구석에 턱 퍼져 앉았다. 내가 생각해도 참 대견스럽다. 무더위에도 독서삼매경에 빠져 본다는 것이 정말 멋있지 않은가.

한참을 책에 빠지다 보니 꽤 시간이 흘렀다. 발도 저렸다. 어느새 남편 퇴근시간이 가까웠다. "퇴근할 때 같이 가요. 나 교보문고에 있어요." 하고 남편에게 문자를 보냈다. 조금 있다가 "어인 일? 저녁 사줄 테니 만납시다."는 답이 띵똥하고 들어왔다.

생각지 않게 근사한 저녁을 먹고 남편과 종로거리를 데이트했다. 그런데 길에 오가며 부딪치는 사람들은 거의가 노인들이었다. 100세 시대라는 말이 있기는 하지만….

젊은이들은 다 어디 갔단 말인가? 활기 없는 거리의 모습이다. 저녁 먹은 게 그대로 가슴이 답답해져 오는 것 같았다. 더 답답한 것은 우리 자신도 그 무리에 있는 게 아닌가 하는 생각에 서둘러 집에 가자고 했다.

돌아오는 길에 시원한 지하철 안에서, 휴가에 대해서 여러가지 많은 말을 하고 싶었지만 참았다. 승객들 모두가 스마트폰에 열중하고 있으니 피해가 될 것 같아서 그만 두었다.

정말 덥다. 조금만 움직여도 온몸이 흠뻑 땀에 젖는다. 찜통 같은 무더위에 숨이 턱턱 막히는 것 같다. 방송에서는 온열병으로 노약자가 사망했다고 한다. 이렇게 더운데? 집 나가면 당연히 고생할 것이다. 고생은 싫다. 그래 휴가 일정을 취소하자. 그냥 집에서 시원하게 보내기로 남편과 합의를 보았다. 아마 이런 것을 귀찮아하는 것부터, 우리가 서서히 늙어가는 게 아닌가 싶다.

남편의 휴가 첫날~

캠핑기분을 내고 싶어 거실에다 텐트를 치자고 했다. 철없는 마누라를 어찌하면 좋을까? 하는 표정으로 남편은 그저 웃기만 했다. 베란다 밖에 있는 가스불에는 옻 오리가 고아지고, 나는 녹두죽도 끓였다. 시원한 캔맥주에 과일을 먹으며 지나간 명화를 보는 맛도 썩 괜찮았다.

둘째 날~

남편이 심어서 수확한 콩을 불려 고소하고 시원한 냉콩국수를 만들었다. 남편이 제일 좋아하는 감자를 으깨어 과일이며 견과류까지 좋다는 것을 넣고 버무렸다. 밭에서 금방 따온 고추랑 부추, 향이 진한 깻잎과 해물을 잔뜩 넣고 노릇하게 부쳤다

"시원한 막걸리도 썩 좋은 걸!" 하는 남편.

셋째 날~

아침 일찍 서둘렀다. 남편은 아파트 모델하우스엘 가자고 했다. 그리고 가까운 강화도라도 들러서 한바퀴 휘 돌고 오자고 했다. 시원한 물과 과일을 챙기며, 내 마음을 알아주는 남편이 이럴 때는 은근히 센스 있다고 생각했다.

내가 원하는 마당이 있는 집을 못 사주는 대신에 새 아파트를 선물하겠다니…. 집 앞에 짓고 있는 아파트를 얼마 전에 계약을

한 것이다. 새로운 보금자리가 될 모델하우스는 잘 꾸며져 있었다. 마음에 들었다. 좋아서 저절로 웃음이 나오는 것을 숨길 수가 없었다. 남편에게 몇 번씩 고맙다고 했다. 이 나이에도 내 마음이 설레는 것을 보니, 아직도 나는 철이 덜 난 게 분명하다.

 넷째 날~
 리우 올림픽 경기를 보느라 텔레비전 채널을 이리저리 돌려가며 남편은 신이 났다. 밖은 여전히 찜통이라고 한다. 옷은 헐렁하게 걸치고, 에어컨을 빵빵하게 틀고, 손이 많이 가는 음식을 주문한다. 돌려가며 먹을 것을 즐기고 있다. "휴가는 이렇게 쉬는 거야!" 남편은 세상에 부러울 게 없는 표정이다.
 나도 할일 다 제쳐두고 남편과 같이 이번 휴가를, 꼬박 함께 보내기로 작정을 한 바였다. 말 그대로 방콕하면서….

 이번 여름 휴가는 우리 부부가 참으로 색다르고 알뜰하게 보낸 것 같다. 둘만의 시간을 후회없이 만끽한 특별한 휴가였다.

딩동댕

주방에서 아침 설거지를 하고 있었다.

"딩 동 댕"

"주민 여러분께 안내 말씀 드리겠습니다. 금일 12시에 마을 회관에서 어르신 잔치가 있습니다. 많은 참석을 바랍니다."

이게 무슨 소린가? 우리 부부는 아파트 창문을 열고 소리가 나는 곳을 두리번거리는데 다시 바람을 타고 들려 온다. 단독주택이 많은 쪽에서 들려 온다. "여보, 정겹게 들리네요 꼭 시골 같아요." 저절로 웃음이 나는 것을 숨길 수가 없다. 나도 저런 때가 있었는데….

어느새 까맣게 잊고 있었던 지난 날을 더듬고 있다. 삼십대 후반이었을까? 지금부터 삼십 년 전쯤이다. 무서울 게 없고, 활기 넘치던 시절이었다. '또순이'라는 말을 들으며 열심히 하던 목제 사업을, 자의반 타의반 정리하였다. 이제부터는 남편과 아이들

뒷바라지만 얌전히 하겠노라고 이사를 했다. 공항로가 있는 곳에는 개나리 진달래가 흐드러지게 피어 있는 아름다운 동네였다.

62세대가 공동주택으로 형성된 아늑하고 넓직한 연립주택이었다. 그런데 어찌된 건지 내가 연립 관리를 맡는 여성 최초의 자치회장이 되었다. 물론 무보수의 봉사직이다. 바쁘게 내 일을 하다가 손을 놓아 심심하기도 했고, 새로운 보금자리를 내 손으로 잘 가꾸어 보고 싶기도 하여 봉사하기로 하였다.

"딩동댕―. 주민 여러분! 오늘은 대청소하는 날입니다. 한 세대도 빠짐없이 참석해서, 깨끗하고 살기 좋은 우리 연립 단지를 만듭시다."

1800여 평의 넓은 단지여서 소식을 한 집 한 집 전달하는 게 어렵다고, 주민들이 우리집 베란다에 방송 시설을 해준 것이다. 이렇게 내가 방송을 하면 집집마다 빗자루를 들고 나왔다. 너도 나도 단지 내 구석구석을 깨끗하게 청소를 했다.

가끔은 내가 좋아하는 음악을 즐겨 틀어 주었다. 봄에는 요한 스트라우스의 〈봄의 소리 왈츠〉, 빈 필하모닉의 〈라데츠키 행진곡〉을 틀고, 청소할 때는 〈서울의 찬가〉를 들려주었다.

나는 신이 나서 일거리를 찾았다. 다행히 젊은 엄마들의 호응이 좋았고, 하나가 되어 나를 잘 도와 주었다. 1층 앞에 화단을 만들고, 꽃을 사다가 나누어 주며 심기도 했다. 군데군데 나무도 심었다. 긴 울타리엔 담장 대신 넝쿨장미를 올렸다. 나날이 변해가는 단지 안의 모습에 어르신들이 더 좋아 하셨다. 황량하던 주변이 아담한 꽃으로 예쁘게 가꾸어졌다. 이웃 동네에서 구경하러 오는 사람들도 있었다.

뿌듯하고 기뻤다. 모든 집들이 다 내 것인 양, 더 알뜰히 구석구석 살피게 되었다. 장마철을 대비해서 홈통은 잘 통하고 있나? 낙엽이 물길을 막지나 않았나? 축대는 괜찮을까? 편찮으신 수진이네 어르신은 좀 어떠신가? 여름에는 차를 불러 엄마와 아이들이 단체로 무료 수영장에도 가고, 가을에는 관광버스로 단풍놀이도 갔다.

머리 위로 위험하게 출렁거리던 전화선, 전깃줄을 땅에다 매설하였다. 집집마다 프로판 가스통을 매달고 있어서, 보기에도 안 좋고 위험해 도시가스 배관공사도 하였다. 단지가 한결 정돈되었고 편리한 도시가스로 인해 나의 신용도는 최고에 달했다.

겨울이면 건물의 벽면이 얼었다 녹아서 금이 갔다. 정말 보기가 싫었다. 벽에다 돌을 붙일까? 대리석을 붙일까? 어떻게 할까? 고민을 하기 시작했다. 결국 건물은 그대로 두고 외벽을 한 켜 더 쌓아서 단열시공 공사를 하기로 의견을 모았다. 형편이 어려운 주민들이라 제일 싼 이자로 융자를 받기로 했다. 까다로운 은행의 절차는 각 개인의 신용도에 따라서 다 달랐다. 하나하나 풀어 가면서 은행으로, 정부종합청사로 오고 가면서, 어느 때는 후회도 많이 했다. 너무 지치고 고통스러워서 다 내팽개치고 싶었다. 그래도 62세대가 내 어깨에 달렸다고 생각하니 참아야 했고 다시 힘을 내야 했다.

드디어 그 고생 끝에, 반듯하고 아름다운 붉은 벽돌집이 탄생을 했다. 그로 인해 집값도 많이 올랐다. 정말 우리집이 어디다 비교해도 손색이 없는 편리하고 아름다운 붉은 벽돌집의 공동주택 단지가 되었다. 무엇보다 주민들을 위해 큰일을 내가 해냈다는 충족감은 하늘이라도 날 것만 같았다. "이것이야말로 봉사 뒤에 얻어지는 기쁨이구나."정말 행복했다.

많은 세월이 흘렀다. 변화를 거듭한 그곳은 지금 멋지게 아파트가 서 있다. 정다웠던 그분들이 보고 싶고 그때가 그리워진다. 구석진 곳에 없는 듯이 자리한, 그때 받은 공로패를 가만히 바라본다. 이제 와서 생각해 보니, 그때부터 내가 봉사를 하기 시작한 때인 것 같다. 봉사는 남을 위해서 뿐만이 아니고, 결국 내가 즐겁고 행복하기 때문에 하는 것이라는 생각이 든다.

'딩동댕' 조금 전 스피커의 안내 말씀대로 모쪼록 마을 회관에 많은 어르신들이 오셔서 즐거운 시간이 되었으면 좋겠다. 누군가 그 일에 봉사하는 사람들도 지금 행복하고 보람을 느끼고 있을 것 같다.

남편은 칠순

지난 주일에 남편 칠순잔치를 했다.

아니, 잔치라기보다 가까운 친지들을 모신 조촐한 가족 파티였다. 자식들 부담을 생각해서인지 남편은 한사코 잔치를 사양하였고, 예고를 준비하는 유진이가 시험이 끝나면 해외여행을 가기로 하였다. 자식들은 63빌딩 뷔페에 번듯하게 준비를 하고, 남편의 양복, 코트, 와이셔츠, 넥타이, 구두까지 몽땅 새것으로 선물을 했다. 말쑥하게 차려입은 남편의 모습은 칠십 년 세월의 흔적을 찾아볼 수 없었다. 내 눈엔 꼭 새신랑 같았다.

자식들은 우리에게 감사패를 준다고 하여 어리둥절하였다. 남편과 나란히 서서 패를 받으니 기분이 묘했다. 아니 이런 호사를 자식들에게 받아도 되는 것일까?

어쨌든 남편도 나도 이 선물 글귀처럼 열심히 살아온 것 같아서 기분이 좋았다. 착하고 든든한 내 자식들이다. 어쩌면 이렇게 기특한 생각으로 우리를 행복하게 하는지….

어느 부모나 자식 마음은 꿰뚫고 있다. 아들은 자랄 때부터 유독 심성이 착해서 제가 갖고 있던 것도 남에게 다 주어버릴 것 같은 노파심에 험난한 이 세상을 어찌 살아갈지 늘 걱정이 앞섰다. 그래서 싫다는 극기 훈련도 억지로 보냈다. 넉넉지 않은 형편에도 딸내미는 뉴욕으로, 아들은 프랑스로 그 시절 흔치 않았던 어학연수를 보내지 않았던가?

이젠 그 애들이 어엿한 가정을 꾸리고 소리 없이 오순도순 살면서, 이렇게 부모 마음을 다 헤아려 주는 어른이 되었다. 잘 자라 준 자식들이 한없이 대견스럽다.

인생 칠십 년을 살아 온 남편의 얼굴을 가만히 본다.

"그래요, 이만하면 당신이 잘 살아온 게 맞는 것 같네요. 무엇보다 자식들이 저리도 효심이 가득하니, 우리는 참으로 복이 많은 사람들이에요. 물려받은 재산도 없이 정말 열심히 살아왔지요. 우리에게 이런 날이 오다니…. 그간 당신의 아내로 부족하였지만, 후회는 없답니다. 우리에게 남은 날이 얼마가 될지는 모르지만, 자식들이 잘 살도록 옆에서 지켜보며, 하루하루 감사한 마음으로 살아갑시다. 여보!"

chapter

4

[散文]
어디 계십니까

손녀 김유진 作

어디 계십니까

아침에 일어나자마자 베란다 창문을 열어 본다. 집 앞에는 아파트 건설현장이 있다. 어제보다 더 높아진 공사현장을 물끄러미 바라본다. 건물 중간쯤에서 엘리베이터가 오르락내리락 하는 걸보니 인부들이 일을 하고 있는 것 같다.

그들을 보면서 30년도 넘은 먼 일을 더듬고 있다. 겨울만 되면 시멘트 외벽이 얼었다가 추위가 풀리면 녹으면서 벽이 쩍쩍 갈라져 보기에 흉했다.

주민의 뜻을 모아서 모두가 소원하던 단열공사를 하기로 하였다. 밖으로 비계(아시바)를 세우고 바닥에 발판을 깔아서 건축 자재 운반을 하거나 사람이 다니는 공간부터 설치했다.

사람이 거주하면서 외벽 공사를 한다는 것은 위험이 따르는 일이다.

그 날도 오늘같이 이른 아침이었다.

"회장님! 큰일 났어요. 사고가 났어요."

나는 허겁지겁 겉옷을 걸치며 뛰쳐나갔다. '이럴 수가?' 며칠 전에 부임해 온 젊은 현장소장이 들것에 실려 자동차로 옮겨지고 있었다. 겁에 질려 어떻게 된 거냐고 다급히 물으니 위에서 떨어졌다는 것이다. 소장은 그 와중에도 "회장님! 너무 걱정 마시고 기도나 해 주십시오." 했다.

모든 건설현장은 아침 일찍부터 일을 한다. 그런데 주민 한사람이 너무 일찍부터 일을 한다고 아래에서 소리를 지르는 바람에 '아차' 하고 발을 헛디뎠다는 것이다.

이 일을 어쩌면 좋은가. 이제 막 공사를 하려는데 사고라니. 그것도 우리 일을 하다가 벌어진 일이니 더 신경이 쓰이고 마음이 아팠다. 얼마 전에 부인이 출산을 했다고 자랑했는데 어쩌면 좋단 말인가.

주민 중에는 20여 명의 가톨릭신자가 있었다. 오전에 남편과 아이들이 나간 뒤 모여서 간절한 마음으로 기도를 올린다. 우리들의 진심을 알았던 것처럼 현장소장이 나에게 기도를 부탁했던 것이다.

우리 일을 하다가 사고를 당했으니, 그가 하루빨리 완쾌되기를 빌며 눈물로 기도를 하였다. 그는 깁스를 하고 병원에 입원을 하고 다른 소장이 왔다. 주민들은 다소 불편하였지만, 현장에서는 일이 착착 진행되고 있었다. 4개월 내에 공사를 끝내야 하기 때문이다.

그동안 은행대출 문제로 많이 힘이 들었는데, 세대마다 수령을 해 가라는 연락을 받고 한숨을 돌렸다. 단열시공 공사의 명목이었다. 수령할 때 나는 옆에서 공사비를 받고 있었다. 애당초 약속과 달리 어떤 사람은 납부하지 않고 그냥 가는 것이다. 어찌나 서운하고 속이 상하던지 가슴이 아프기까지 했다. 남편에게도 말을 못하고 혼자서 불안감에 시달렸다. 평소 잘 알고 지내던 분들인데 이런 일이 있을 것이라곤 조금도 짐작을 못했다.

추석을 앞둔 어느 날 아침, 밖에서 웅성거리는 소리에 내다보니, 인부들이 일을 하지 않고 모여 있다. 무슨 일인가 알아보니 노임을 달라는 것이었다. 그건 회사에서 주는 것이니 공사는 얼른 해 줘야 한다고 했지만, 군중의 힘은 놀라웠다. 그들은 우리 쪽에서 공사비를 제때에 주지 않았다면서 나더러 내어 놓으라는 것이다. 황당한 일이었지만, 아주 틀린 말은 아니었다. 그들은 고래고래 소리를 지르며 나를 노동청에 고발을 하겠다고 협박까지 했다. 아니나 다를까. 조금 있으려니 노동청에서 나를 데리러 왔다. 포승에 묶이지는 않았지만, 그들의 손에 노동청으로 끌려가서 심문을 받았다.

차가운 철제의자에 앉아 하루종일 같은 말을 반복해서 묻고 답을 하며 심문을 당했다. 왜 일을 시키고 임금을 주지 않느냐는 것이다. 저녁때가 다 되어서 나는 풀려났다. 몸과 마음이 지칠

대로 지쳐서 집에 들어서자마자 쓰러졌다. 주민들은 미안하다면서 위로를 하였다.

이게 무슨 꼴이란 말인가. 돌아보니 후회가 되었다. 겁도 없이 오지랖 넓게 봉사는 무슨 봉사를 한다고? 언제나 내편이 되어 주셨던 나의 주님은 이렇게 나를 버려두고 어디를 가셨단 말인가. 정작 내가 힘이 들 때, 당신은?

이렇게 외면을 한단 말인가. 내가 그렇게 열심히 기도하며 당신을 믿는다고 했건만, 착한 이는 상을 주고 악한 이는 벌을 주신다는 주님은 어디 가셨는지. 이런 상황을 보고만 계시는 건가요? 나도 모르게 신부님 앞에서 울며 누군가를 원망하고 있었다.

"세실리아, 세상에 빛을 빛내기 위해 어둠이 있듯이, 의인을 빛내기 위해 5%의 반대자가 존재합니다. 그 5%의 반대자도 하느님의 계획 중에 있는 사람이니 미워하지 마세요."

날씨는 자꾸 추워지는데 현장 인부들은 그렇게 파업을 하였다. 주민들은 강남에 있는 건설회사로 항의를 하러 몰려갔다. 본사의 사정이 여러 가지로 좋지 않다는 말이 있었지만, 그 원인 중에는 제때에 공사대금을 지불하지 못한 우리의 불찰도 있었다.

공사가 중단된 현장에 나이 지긋한 담당자가 왔다. 그는 자신도 신앙인이니 최대한으로 모든 걸 협조하겠다며 희망을 주었다. 얼기설기 아시바가 세워진 채 공사가 중단된 단지의 모습이 너무 흉물스러워 하루 빨리 마무리를 해야만 했다. 심지어 우리 집

전화를 현장에 연결해 주고 점심 식사는 꼬박 우리 집에서 하도록 했다. 어떤 희생이 따르더라도 그만큼 절박했다.

새로 온 담당자는 슬기롭게 문제점을 풀어 나갔다. 회사에서 공사비를 대는 것은 기대하지 말고 현장, 그러니까 내가 지급하는 것으로 공사를 하라는 것이다. 기가 막혔다. 만약에 일이 잘못되면 그 책임을 내가 떠안아야 될 지경이다. 그렇지만 선택의 여지가 없었다. 그렇게 해서라도 하루 빨리 마무리를 하고 싶었다. 어렵게 대출까지 받게 해 주었는데도 공사비를 내지 않는 주민들의 문제를 어떻게 풀어가야 할지 난감했다.

주민들이 공사비를 납부하면 내가 책임지고 주기로 하고 사채를 빌리기로 했다. 물론 이자는 회사에서 부담한다는 조건이다. 다행히 조금씩 받은 돈으로 일이 마무리되어 가고 있었다. 가슴이 조마조마했다. 사람들이 잠든 밤에는 눈물을 흘리며 얼마나 기도를 하였는지 모른다. 주님! 당신이 계시다면 제발 저에게 지혜를 주셔서 이 난국을 헤쳐 나가게 해 달라고 필사적으로 매달렸다.

드디어 공사가 마무리되었다. 단열이 잘된 근사한 붉은 벽돌집이 완성된 것이다. 나를 그렇게 울리고 애타게 하였던 공사이다. 무엇보다 내가 가슴 졸이며 우려했던 공사비가 딱 차용했던 금액만큼만 들어오고 다시는 들어오지 않았다. 그제서야 정신이 바짝 들었다. 신비롭게도 나는 책임에서 벗어날 수가 있었다. 그래도 주님은 나를 버리지 않으셨구나 싶어 오랜만에 감사의 기도를 올렸다 .

이제 와서 생각해보니, 비협조적이던 주민들이 원망스러웠고, 일이 잘 풀리지 않아서 고통스러웠던 그때가 참으로 은혜로웠던 순간들이었다. 내 생에 그때만큼 절실하게 주님께 매달렸던 적은 없었지 싶다. 어쩌면 나에게 신앙적으로 더 성숙할 수 있게 기회를 주셨는지도 모르겠다.

많은 세월이 흘렀다. 그때 함께 고생하였던 총무님! 지금은 캐나다에 살고 계시는 씩씩한 엘리사벳 형님이 많이 보고 싶다.

태극기를 달면서

　아파트 베란다 난간에 태극기를 달았다. 대단한 일을 한 것 같아서 혼자 흐뭇하다. 몇 집이나 국기를 달았나 싶어 목을 길게 빼고는 하나, 둘 세어본다. 우리 옆 동과 큰길에 있는 상가, 조금 떨어져 있는 아파트까지 눈여겨보았다. 3·1절을 맞아 선조들의 고귀한 정신을 기억하며 집집마다 태극기를 달자고 관리실에서 방송도 했건만, 아직 눈에 들어오는 태극기는 그리 많지 않다. 아마 휴일이라서 늦잠을 자는 것이겠지.

　태극기의 흰색 바탕은 순수와 평화를 사랑하는 민족성을, 태극 문양은 우주만물의 상호작용을 지닌 뜻이라고 한다. 청·홍색은 아침과 희망의 빛이라니…. 학교에 다닐 때 배우긴 했지만, 시험 볼 때 뿐, 점점 잊혀져 갔다. 이렇게 심오한 뜻을 지닌 태극기를 새삼스럽게 바라본다.

　내 나이 오십대 초반 처음으로　아파트에 살게 되었다.　전에 살던 집에 비해 얼마나 넓고 좋던지 깨끗한 집안을 자꾸 쓸고 닦는 게 일이었다. 여러 가지 화초를 사다가 베란다 그득하게 가꾸었다. 집안일에 만족하며 살림에 신이 날 즈음, 주민들의 추대로 할 일이 많은 새 아파트의 부녀회장직을 맡았다. 처음엔 망설이기도 했지만, 전에 자치회장직을 오래 해 보았기 때문에 못할 것도 없다 싶었다. 주민을 위하고 공동주택 가꾸는 일에는 은근히 자신도 있었다. '그래, 여기서 아름다운 새 보금자리를 만들어 보자.'고 생각을 굳혔다.

아파트 담장에는 장미 넝쿨을 올리고 계절에 어울리는 꽃과 나무를 많이 심었다. 봄에는 아파트를 빙 둘러친 담장에 노란 개나리가 흐드러지게 넌출댔다. 줄지어 자란 벚꽃나무의 화사한 꽃 터널은 주민들을 꽃그늘 아래로 불러냈다. 화단에는 영산홍과 명자나무 같은 키 작은 꽃이 화려하고, 넝쿨장미가 뒤를 이었다. 담장울타리의 하얀 쥐똥나무 꽃은 어찌나 향이 짙은지 절로 코를 벌름거리게 했다. 노인정 앞 등나무에 주렁주렁 매달린 보라색 꽃송이는 보기에도 소담스러웠다. 여름에 시작해 가을까지 피고 지기를 반복하는 목백일홍까지….

어르신들은 꽃 욕심이 많은 부녀회장 덕분에 우리 아파트가 꽃 속에 묻혔다며 칭찬도 하셨다. 그런 한 마디에 더욱 신이 나서 힘이 드는지도 모르고 부녀회 일을 더 열심히 했다. 가끔은 우리 집안일을 밀쳐놓고 아파트 돌아가는 일이 먼저일 때도 있었다.

그때는 지금처럼 재활용 분리수거가 정착이 되지 않아서 부녀 회원들과 틈틈이 분리수거를 하다 보니 약간의 수익금도 생겼다. 집집마다 골고루 나눌 수 있는 방법이 무엇일까를 생각하다가 마침 광복절이 돌아오고 있을 때라 태극기를 사서 세대마다 나누어 드렸다. 그러고는 태극기를 달자는 방송도 몇 번씩 반복했다. 그래서인지 8월 15일 아침엔 약속대로 일제히 베란다에 태극기를 내걸었다. ㅁ자 모양의 470세대 아파트 단지는 온통 태극기가 펄럭였다. 세상에 처음으로 얼굴을 보인 깨끗한 태극기다. 하얀 바탕에 청·홍색은 햇빛을 받아 더욱 눈이 부셨다. 나는 그때 처음으로 우리 태극기가 아름답다는 생각을 했다. 참으로 장관이었다.

　　혼자 얼마나 흐뭇하던지 몇 번씩 창문을 열고 내다보며 감탄을 했다. 그때를 생각하면 지금도 내 가슴이 뛴다. 나에게도 나라를 생각하는 더운 피가 흐르고 있었을까. 이 나라 국민이라면 누구나 가슴에 손을 얹고 애국가가 끝날 때까지 부동자세로 서 있었던 시절도 있었다. 아침 국기 계양식 때나 해 질 무렵 국기 하강식 때면 아무리 바쁜 사람도 가던 길을 멈추지 않았던가. 선열들이 독립만세를 외치다 태극기 하나를 가슴에 안고 죽어가던 장한 애국심을 생각한다. 오직 조국과 민족을 지키려고 몸을 바쳤던 밑거름으로 내가 이렇게 편히 살고 있지 않을까.

　　어떤 힘으로든 눈부신 발전으로 당당히 선진국 대열에 올라 선

대한민국에 태어난 걸 자랑스럽게 생각한다. 나라의 상징인 태극기를 소중히 여기는 것도 국민의 도리이며 애국심이라고 자부한다. 국경일 아침 태극기를 보며 우리의 얼을 가슴 깊이 간직하고 싶다.

아파트에서

아파트 게시판에 동대표 모집공고가 났다

"당신 이 아파트를 위해서 일좀 하지 그래. 지금 제대로 잘 하고 있는지 모르겠네." 남편의 말이다 나는 깜짝 놀라 아니, 이 나이에 ? 하며 남편을 쳐다보았다. 칠십 할매를 어디까지 보고 계신담? "당신은 내가 아직도 혈기 넘치는 꽃띠인 줄 아시나요?" 남편이 놀리는 줄을 다 알면서도 나는 눈을 흘겨 주었다

어느새 지나간 그때를 더듬고 있었다. 몇 년 동안 아파트 부녀회장을 한 뒤 주민들의 추대로 이십여 명의 동 대표들과 470세대 아파트의 살림을 맡아서 하게 되었다. 물론 관리소장이 있어서 업무를 알아서 한다. 나는 주택관리에 관한 교육을 받고 파견되어 각 지역 아파트 관리 실정을 점검하는 업무를 수행하였던 경험이 있었다. 그 지역 어떤 아파트의 관리는 잘되고 있고, 어느 아파트는 잘 안되고 있다는 것을 잘 알고 있었다. 그래서 은근히

자신이 있었다.

매월 대표회의가 있었다. 대부분이 남자들이고 여성은 네 분이다. 처음에 내가 회의를 진행했을 때 남자들은 떫은 표정으로 비협조적이었다. 그래도 내가 역할 수행을 하려면 진정성을 갖고 끈기 있게 이끌어야 했다. 조목조목 봉사하는 마음으로 하는 데는 그들도 차츰 마음을 열지 않을 수가 없었다. 세세하게 살피며 주민들에게 직접 도움 되는 일을 찾기 시작했다.

매일 들어오는 광고 유치는 주민들은 잘 모르고 있기 마련이다. 관리실에서 그 일을 실행하기 전에 내게 사인을 받아서 하는 것으로 하였다. 의외로 잡수입이 꽤 많았다. 우리는 매월 주민들에게 공동수익으로 입금을 하면서 공개를 하였다.

장기수선 충당금은 건드리지 않고, 건설사더러 아파트 하자 보수를 해달라고 하여 필요한 공사를 해냈다. 신경을 곤두세우고 지켜보던 사람들이 차츰 성원을 해주기 시작했다. 어르신들은 아파트가 되살아나는 느낌이라고 하시며 칭찬을 아끼지 않았다. 그럴수록 더욱 신이 나서 일거리를 찾았다.

매월 올라오는 주민들의 건의사항은 아파트 현관의 자동문 설치 문제였다. 그 무렵 신축아파트는 모두가 자동문이 설치되어 있었다. 우리 아파트는 구형이라 당연히 현관에 자동문이 없었다. 공개 입찰을 통해서 거액이 드는 아파트 자동문 설치 공사를 준비했다.

몇 년을 함께 고생을 해보니 이제는 내 마음을 다 알겠다는 동 대표 남자 분들도 전보다 훨씬 협조를 잘해 주었다. 어느 어르신은 우리에게 고생이 많다고 손수 점심식사도 해 주셨다. 그 무렵 재건축을 하던 나의 집에서는 준공이 되어 나는 이사를 가야 했다. 준비만 하고 아쉽게도 자동문 설치공사를 마무리하지 못한 채 대표회장의 임기를 마치게 되었다. 주민들이 보내주신 많은 성원과 협조로 무사히 소임을 잘 끝낼 수 있게 되었다고. 나는 감사의 인사를 하였다.

　　바로 엊그제 일인 것만 같다. 그때는 정말 열심히 일했는데…. 모쪼록 우리 아파트에 참신한 새 일꾼이 나와서 주민들의 살림을 봉사 정신으로 열심히 일해 주기를 소망해 본다.

꿈은 이루어진다

지금부터 삼십삼 년 전, 나는 62세대 연립단지 자치회장직을 맡고 있었다. 그곳은 머리 위에 전깃줄, 전화선이 주렁주렁 했고, 집집마다 프로판 가스통을 매달고 있었다. 연탄재를 버리는 쓰레기장은 걸핏하면 불이 붙어서 주민들을 놀라게 했다. 보기싫은 전깃줄, 전화선을 땅속에다 매설을 하였고 소원하던 도시가스 배관공사도 하였다.

겨울만 지나면 외벽에 금이 가고 추웠던 집을, 밖으로 한 켜 더 쌓아서 단열 시공을 하여, 우리는 근사한 붉은 벽돌집을 완성하였다. 그러한 업적으로 인하여, 나는 주민들의 높은 신망을 얻고 있었다.

어느새 우리는 재건축을 소망하고 있었다. 그 무렵 주변에서는 재건축의 붐이 일고 있었고, 재건축을 하여 멋진 아파트를 짓는 꿈을 꾸기 시작하였다. 여러 건설사를 방문하고, 실태 조사를 하며, 구청과 연결된 건축법을 숙지해 나갔다. 언제나 우리 집이 회의장소였다.

그런데 이게 웬말인가? 여태까지 감기 한 번 심하게 걸린 적 없이 건강했던 내가 유방암 초기라는 진단을 받았다. 아무도 몰래 조용히 수술을 했다. 새 아파트로 이사를 간다고 하면서 추진위원장을 새로 뽑고 일을 다 넘겨주었다. 그렇게 시간은 일 년이 넘게 흘러가고 있었다.

어느 날 주민들이 서너 명씩 나를 찾아오기 시작했다. 재건축 추진이 지지부진하고 집행부가 신뢰가 가지 않는다는 것이었다. 제발 외면하지 말고 도와 달라는 것이다. 무슨 말인가! 나는 건강을 챙겨야 하는데. 결국 나는 처음이자 마지막으로 여러 사람의 재산을 지켜주자고 결심을 하고야 말았다. 주민들은 긴급총회를 열었고, 나는 다시 조합장이 되었다.

어느 날 저녁, 술에 취한 남자 두 분이 우리집으로 찾아 왔다. 여자가 감히 남자 할 일을 하느냐고? 다짜고짜 조합장직을 내어 놓으라고 했다. 마구 소리를 지르고 위협을 주며 설치는 게 아닌가? 너무 황당하고 무서웠다. 또 한 사람은 조합원들을 선동하여 사무실로 쳐들어왔다. 내가 무슨 잘못을 한 것처럼 가슴이 쿵쾅거리고 머리가 어지러웠다. 그렇지만 사실대로 조곤조곤 설명을 해 주었더니, 오해를 해서 미안하다고 사과를 하고 돌아갔다. 사람들이 너무 야속하고 안타까웠다. 소리 내서 엉엉 울고만 싶었다.

그런 일이 있고부터 점차 갈등이 오기 시작했다. 아무리 주민들이 원한다 해도 총회에서 압도적으로 나를 선출하였다 해도, 항암 치료를 하면서까지, 날마다 이 많은 스트레스를 감당해야 하는가? 그럴 필요가 있을까? 그래도 믿을 사람이 나밖에 없다고 하면서 찾아와 조르지 않았던가?

밤마다 잠을 설쳤다. 큰일에는 반드시 고통의 대가를 치러야 하는 것인가? 그 어느 때보다 열심히 기도를 하였다. 나를 힘들게 하는 사람까지도 너그럽게 포용하리라 마음먹고 단단히 작정을 하였다. 나는 감사하게도 이 시간을 덤으로 받지 않았던가? 이 많은 사람들의 재산을 내가 지켜주고 봉사할 수 있는 이런 기회가 내 일생에 또 오겠는가, 이 한 몸 남을 위해서 값지게 써야 할 것 같았다.

내 나이 52세에, 최초의 여성 조합장으로서 첫발을 내디뎠다. 그때 남편은 모 신문사에 재직 중이었다. 늘 바쁘기도 했지만, 내가 하는 일에는 일체의 간섭도 참여도 하지 않기로 약속을 하였다. 나로 인해서 남편이 사람들의 입에 오르내리는 게 싫었다.

그러나 두려운 것이 하나 있었다. 잘 진행하던 건설사가 중도에서 사업비 추가를 요구하며 건축을 포기하는 경우를 종종 보아 왔기 때문이다. 다부지게 결심을 하지 않을 수가 없었다. 그렇다. 사람들은 날더러 또순이라고 하지 않았나? 보란 듯이 한번 해 보자. 힘을 내자고 다짐을 하였다.

아침마다 기도처럼 외웠다. "나는 절대 욕심 없이 봉사를 할 것이다."

우리의 실정에 맞게 변경을 거듭하면서 수없이 많은 설계도와 씨름을 하였다. 세대별 부담금은 공사가 완공된 후, 입주할 때 은행융자로 대체하기로 하였다. 조합원들의 경제적인 부담을 덜어 준 것이었다 이렇게 계약하는 곳은 어디에도 없다고 시공사 대표는 힘주어 말했다. 정말 어렵게 타결을 보았다. 혼신을 다하여 계약을 이끌어낸 뒤, 나는 병원에 가서 누워야 했다.

100여 차례의 회의내용이 기록되었고, 녹취록도 함께 보관했다. 간간이 회식 자리도 마련하였다. 우리의 꿈을 그려 보면서 서로간의 친목을 다짐하였다. 애초에 조합장을 하고 싶었던 두 사람이, 사사건건 반대를 위한 반대를 하여서 애를 먹었다. 되풀이 되는 설명으로 나의 목소리는 늘 잠겨 있고 입술은 항상 부르터 있었다.

늙은 노모 몰래 명의변경을 시도하려던 아들도 있었다. 방탕한 아들 손에 집만 날아 갈 뻔 했다고, 고맙다고, 내 손을 잡고 우시던 그 어르신….

어떤 아저씨는 매일 앞산에 운동하러 가실 때마다 사무실에 들러서, 내 손에 우유 하나씩을 놓고 가셨다. 현장에서 가까운 곳에 사는 총무는 내가 피곤한 기색만 보이면 따끈한 콩나물밥을 들고 왔다. 어느 조합원은 자신의 페인트 회사가 공개 입찰에서 떨어진 것은 내가 도움을 주지 않아서라고 그것이 내 탓인 양 회의 때마다 나를 힘들게 하였다. 마침내 공사가 거의 끝날 무렵에는 재산이 많이 늘어났다며 은인이라고 하면서 근사하게 한턱을 내겠다고 하였다.

조합원 유영희 씨는 3년 동안이나 나를 위해서 새벽기도를 드렸다고 했다. 너무나 고맙고 가슴이 찡했다. 여러 가지 방법으로 나를 믿어 주고 성원을 해주는 조합원들에게 보답을 하는 길은 내가 초심을 잃지 않고 재건축 공사가 마무리 될 때까지 최선을 다하는 것이었다.

철근 기초 공사부터 꼼꼼하게 살폈다. 나를 보고 감리도 머리를 내저었다. 모든 일에 대충 넘어가는 게 없고 카리스마가 있는 깐깐한 조합장으로 소문이 났다. 그 무렵 주변에는 재건축 공사장이 세 곳이나 있었다. 조합원들의 관심사는 늘 서로를 비교하는데 있었지만, 그럴수록 나는 흔들리지 않았다. 우리의 공사가 성공적으로 끝나는 것이 나의 최대의 목표이기 때문이었다.

아파트 동, 호수 추첨 때는 조합원들이 먼저 추첨을 하고 나는 나중에 하였다. 그럼에도 불구하고 나에게 좋은 곳이 당첨이 되었다. 조합장이 마음을 곱게 써서 좋은 곳이 되었다고 모두가 박수를 치며 기뻐해 주었다.

아파트 내의 조경 공사에도 각별히 신경을 썼다. 커다란 소나무들이 아름답게 구부러진 모습들이 정말 마음에 들었다. 휘어진 소나무에 반쯤 걸쳐진 달을 그려 보았다. 새로 지은 아파트 창문으로 훤한 달빛을 감상하는 이웃들을 그려 보았다. 넝쿨장미가 흐드러진 아파트 정자에서 즐겁게 이야기하는 주민들을 떠올려 보았다. 나 혼자 행복해서 미소가 절로 나왔다.

여자의 감성과 내가 관계했던 목재 분야의 안목을 총동원했다. 내장재와 인테리어를 꼼꼼히 살피며 지적을 하였다. 처음에는 여자라고 얕보는 것 같았다. 그러나 한결같이 열심히 하니까, 시공사 관계자들도 나를 대하는 태도가 차츰 달라졌고 진실은 통했던 것이다. 드디어 40개월의 공정을 무사히 마치고 성공적으로 준공을 하게 되었다.

동네 주민 센터에서 마지막 조합원 총회를 하였다.

"우리가 그렇게 원했던 꿈이 이루어졌습니다. 재건축이 성공적으로 완공되었습니다. 이 모든 것은 부족한 저를 믿어 주셨기 때문에 가능했습니다. 무엇보다 한 세대도 빠짐 없이 함께 입주할 수 있어서 정말 기쁩니다. 모두 고생하셨습니다. 여러분! 고맙습니다."

2003년 3월 31일, 재건축 조합장 노정순에게 조합원들이 공로패를 주었다. 내 두 뺨엔 뜨거운 기쁨의 눈물이 하염없이 흘러내렸다.

어느덧 십사 년이 흘렀다. 그 아파트는 변함없이 존재하고 있다. 그곳에는 나의 집도 있다. 그곳에 있는 집들이 모두 나의 집인 것처럼 뿌듯하고 정이 간다. 집집마다 아늑하게 흘러나오는 불빛을 보며, 그 안에 행복도 포근하게 안겨 있으리라 믿어 본다.

이제 와서 생각해 보면 그 아파트는 내 평생에 있어서 유일한 걸작이지 않나 싶다. 사람을 믿어 준다는 것은 상상할 수 없는 무한한 힘을 발휘하게 하는 것 같다. 그것은 힘의 원천이고 원동력인 것이다.

우리가 간절히 원하면 꿈은 반드시 이루어지는 것이다.

향기로운 꽃들!

벌써 15년 전, 강서구에 거주하는 여성들이 모였다. 각 동마다 몇 명씩이 모이니 회원이 110명이 되었다. 동대표가 임원이 되고 그 임원 25명의 추대로 내가 초대회장이 되었다. 목적은 지역사회 발전을 돕고 깨끗한 환경을 가꾸는데 앞장서자는 취지였다. 회원 수가 이렇게 많을지는 몰랐다.

우리는 거창하게 창립총회를 열었다. 회원 모두가 각양각색의 한복을 입고 안내를 했다. 손님을 맞고 왔다 갔다 하니 온통 출렁이는 꽃들 같았다. 아름답게 보였다. 우리들의 아름다운 이 모습만큼 좋은 일을 많이 하리라는 각오를 하였다.

알리지도 않았는데 지역신문, 지역방송도 오고, 구청장, 국회의원 등 유명 인사들이 많이 왔다. 예상치 못한 성황에 마음이 들떴다. 초대회장인 나는 찾아주신 내빈께 감사하며 창립총회의 목적과 각오를 또박또박 정확하게 말하였다. 이어서 구청장님의 격려사가 있었고 어떤 교수님의 자원봉사에 대한 짧은 말씀도 있었다.

우리는 '우리의 다짐'이라는 봉사자의 자세를 열창하면서 아름다운 자원봉사를 할 것을 다짐했다. 마지막으로 '서울의 찬가'를 다 함께 불렀다. 창립총회는 끝났다. 한복이 우아하게 어울린다고 아름답다는 찬사를 받으며 나는 인터뷰하기에 바빴다.

봉사도 하기 전에 이렇게 강서구가 떠들썩하게 출발을 했다. 어쨌든 우리의 이야기는 삽시간에 다 퍼졌다. 모두가 주시를 하고 있었다. 그럴수록 우리는 제대로 봉사를 해야 했다. 먼저 방화동 지역에 있는 복지관 관장과 협의를 하여 정기적으로 주 1회 봉사하는 것으로 정했다. 그밖에도 일이 있으면 그때그때 하기로 하고….

우선 우리는 매주 영양식을 배달했다. 사골곰국이나 삼계탕, 불고기 등을 독거노인과 북한이주 세대에게 전달하는 일을 했다. 되도록 그들과 많은 이야기를 나누려고 애를 썼다. 그들은 사람이 그리운 것 같았다 어떤 어르신은 끝없는 이야기로 우리를 놓아주지 않았다. 또 방화동 전체의 경로잔치는 그 규모가 어마어마했다. 우리는 잔치를 하는 내내 전회원이 끝까지 봉사를 하였다. 우리들의 아름다운 모습은 삽시간에 입소문을 타고 퍼져 나갔다.

강서구의 알뜰장터, 바자회, 장애인 행사 등 커다란 행사가 있을 때는, 회원 모두가 열심히 참여했다. 젊은 회원들의 봉사하는 모습은 정말 보기 좋았다. 어떤 이견도 없이 모두 합심해서 즐겁게 했다. 우리의 봉사 모습은 특히 나의 활동 모습은 수시로 지역 신문과 방송에 올랐다. 아마도 국회의원 부인과 구청장 부인이 우리 봉사 회원이었기 때문에 그런 것이 아니었나 싶다.

　자연스레 강서구의 단체장 회의에 나가게 되었다. 나의 일상은 직업이 있는 사람처럼 매일 바빴다. 구청의 모든 행사에 참여하게 되었다. 유명 인사처럼 이곳저곳에서 나를 초대했다. 많은 사람들이 나를 만나려고 하였다. 그래도 나는 조심해서 사람을 만났다. 까칠하다고 소문난들 어떠리… 언제나 봉사자임을 잊지 않으려고 하였다. 또, 많은 자문위원에 위촉이 되었다.

　참빛지역 봉사단장, 강서구 봉사단 운영위원, 주민혁신 자문위원, 재정계획 심의 위원, 투자심사위원회 위원, 평생학습지원 위원, 강서구 여성위원회 등….

　그때쯤 자원봉사센터가 설립되었다. 여성 두 명 중에 한 사람으로 창단 발기인으로 등록이 되었다. 자원봉사 센터에서도 일이 많았다. 이제 막 자원봉사 붐이 일기 시작하여서, 구 행사, 전국 행사, 크고 작은 행사가 줄줄이 기다리고 있었다. 너무 바쁜 일정은 나를 정말 힘들게 했다. 심신이 지치고 나의 목소리는 거칠어지기 시작했다. 집안일에 소홀해졌다. 남편이 아무리 이해하며 적극적으로 후원을 해준다 해도 속으로 미안했다. 그래도 여성들에게는 선망의 대상이 되고 있었다. 나중에 안 일이지만 자연히 시기의 대상도 되었으리라.

그 무렵 성당에서 노인대학 학장을 임명 받았다. 유례없이 여성 학장이 임명된 것이다. 나는 정성을 다해 100명이 넘는 어르신들 수업 계획을 짜고, 행사를 계획하였다. 신부님은 흔쾌히 지원을 해주셨다. 이번 기회에 바쁜 일상을 모두 정리하였다. 오직 자원봉사 상담가로서만 주민센터에서 봉사를 하였다. 간간이 구청에서 하는 자문위원 회의 때에만 참석을 하니 일상이 여유롭고 보람이 있었다.

가만히 생각해 본다. 정말 봉사자로서 열심히 하였던가? 진심으로 온 마음을 다해 봉사하였던가? 공연히 내가 신이 나서 활동한 게 아니었나?

그간 우리 단체와 함께 봉사를 하며 나에게 힘을 실어주셨던 김동운 님(현, 길벗어린이도서관장)께 진심으로 감사를 드린다.

아름다운 꽃들!

어느 단체에서 집행부가 바뀌면 그를 추종하던 사람들도 바뀌는 것인가? 웬일인지 나에게 열심히 협조하던 사람들은 새 회장과 봉사를 할 때는 잘 나오지 않았다. 그렇게 시간은 흘렀다. 나도 노인대학 운영에만 정신을 쏟았다.

어느 날, 우리 집에 10여 명의 여성들이 찾아왔다. 나를 좋다는 사람이 고맙고 나도 그들이 좋았다. 우리는 그렇게 얼마를 만나다가 놀기만 하지 말고 가끔씩 소리없이 봉사도 하자고 했다.

우리는 회비를 걷어서 기본자금을 마련하였다. 우리 손으로 영양식을 만들어 등촌 지역 독거노인들에게 배달을 시작했다. 집에 가보면 거동이 불편한 분들이 대부분이었다. 우리는 설거지나 청소를 해 주기도 하고 무엇이 불편한지를 물어서 도와 드렸다. 차츰 시간이 지날수록 회원이 늘어났다. 우리가 하는 일에 다들 보람을 느끼고 있었다. 회원은 어느 새 40여 명이 되었다. 회원

수가 늘어나니 자원봉사 단체로서 출발을 하자는 것이었다.

나는 '여성 한사랑회'라는 봉사단체도 만들어서 지금 한창 활발하게 운영되고 있는데, 여기서 또 다른 단체를 만들어? 살짝 갈등이 왔다. 그러나 다수의 열망은 사그라들지를 않았다. 고민 끝에 봉사단체를 하나 더 만들기로 했다.

회원 70여 명으로 이름도 아름다운 '아름다운 봉사대'가 발족을 하였다. 복지관 관장님과 지역 어른들, 국회의원, 구청장, 구의원, 그리고 많은 축하객은 우리의 앞길을 응원해 주었다. 대강당에서 화려한 창립총회를 하게 되었다. 회원들의 끈질긴 요청에 단체의 토대만 잡아 주기로 하고, 나는 초대회장을 맡았다. 우리는 새로운 각오를 밝히며 열심히 봉사해 보자고, 아름다운 봉사자가 될 것을 다짐하였다. 여기서도 독거노인에게 도시락 배달과 우리가 직접 만든 회비로 마련한 특별 영양식도 전달하는 봉사이다.

특히 어느 독지가의 도움으로 우리는 모든 활동을 할 수가 있었다. 그분은 나서지도 않고 기꺼이 나에게 후원을 해 주었다. 그분이 원치 않았고 사양을 하였지만 나는 복지관장님께 연결을 하여 주었다. 정말 얼굴 없는 천사였다. 덕분에 커다란 행사를 벌일 수가 있었다.

등촌지역 어르신 고희연을 성대하게 열어드렸다. 규모도 컸지만 내용도 알찬 참으로 보람있는 일이었다. 이런 일로 인하여 회원들의 사기는 높아졌고 회원의 수도 날로 늘어나고 있었다.

시간은 빠르게 흘러갔다. 회원들은 열심히 잘 따라 주었고 즐겁게 봉사를 했다. 보람있는 나날이었다. 그간 아름다운 봉사대는 나름대로 튼튼하게 자리매김하였다. 토대를 굳건히 하였기에, 나의 역할은 잘 끝났다고 생각했다. 내게는 열심히 해야 할 노인대학이 있었다.

현재 3대째로 이어진 '아름다운 봉사대'다. 지금도 열심히 봉사하고 있는 회원들이 믿음직하다. 우리 사회는 이런 봉사자들의 손길을 많이 필요로 하고 있다. 우리는 더불어 함께 살아가는 세상 속에 있기 때문이다. 그동안 힘든 일이 있을 때마다 나를 도와주며 든든한 버팀목이 되어 주었던 장옥주 님, 김석희 님을 잊을 수가 없다.

가만히 생각해 본다. 굳이 봉사를 열심히 하려는 것은 내가 가진 것에 감사하기 때문이다. 우리 가정이, 내 자식들이 건강하고 무탈하게 잘 살아가도록 비는 마음으로 이 정도 봉사는 해야 할 것 같아서다. 세상에 공짜는 없다는 생각을 하기 때문이다.

내가 나이가 들어 이 지구상에서 사라진다 해도 내가 만든 두 개의 봉사 단체는 존속할 것이다. 아니 그렇게 되어 주기를 나는 계속해서 기도할 것이다.

개강을 앞두고

이제 곧 3월이다. 개강이 임박해 온다. 그러나 다른 해와는 다르게 설렘은 사라지고 마음이 착잡하고 심란하다. 이유도 없이 언짢은 기분이 연일 떠나질 않고 있다. 밖은 아직도 쌀쌀하다. 우수가 지나고 경칩을 앞두고 있는 날씨지만 겨울은 안간힘을 쓰듯이, 오늘 아침에도 밤새 소복이 눈이 내렸다.

봉사자 선생님들에게 다음 주 목요일에 만나자고 문자를 보냈다. 개강을 앞두고 준비도 하고 함께 식사를 하면서 서서히 한 해의 수업계획을 세워야 한다. 역할 분담도 하고 단단히 마음의 준비도 시켜야 하기 때문이다. 지난 해 종강 후로 퇴임을 밝힌 총무에게 조심스럽게 함께 식사를 하자고 했는데, 완고하게 쉬고 싶다고 하니 할 말이 없다. 9년을 봉사했으니… 밝히지는 않았지만 그가 일을 하고 있다는 것을 나는 알고 있다. 그러니 나까지 담임봉사자로 노인대학을 이끌어가야 한다.

닥치면 못할 것도 없지만, 전에 비하면 절반밖에 안 되는 선생님들로 이끌어 가자니 내가 더 신경을 써야하고 또 힘이 나질 않는다. 그래도 동아리 전문 봉사자들이 잘 도와주고 있으니 그나마 다행이다. 노래교실, 생활체육반, 차밍댄스반, 하모니카반을 맡은 선생님들이 사뭇 든든하고 믿음직하다. 올해 봄 소풍 때는 동아리 선생님들도 빠짐없이 함께 갈 수 있었으면 좋으련만….

주보에 계속 봉사자 모집을 공지할 예정이다. 별로 소득이 없을 것을 알고 있다. 다 그런 건 아니지만, 요즘 현대인들은 봉사보다 시간이 있으면 자기관리, 자기개발에 치중한다는 것을…. 그래도 내 염려하는 마음이 기우에 그치고 모쪼록 한두 명만이라도 자원해 준다면 얼마나 좋을까? 그 전에는 내가 면담을 해서 됨됨이를 살펴보고 받아 들였지만 이젠 가릴 것도 없이 통과시킬 텐데….

개강날 오프닝으로 올해의 수업 일정 소개를 파워포인트로 준비를 했다. 그리고 지난 해 여러 가지 행사 때나 수업의 모습을 슬라이드로 보여드릴 예정이다. 전에는 동영상으로 포토스토리를 만들어 음악도 넣고 감상하게 하였다. 하지만 자막이 빠르게 지나가 버려서 노인들에게 천천히 확인하면서 보고 싶은 충족감을 채워드리지 못한 것 같다. 올해는 직접 손으로 넘겨드릴 작정이다. 개강 때는 100명의 어르신들이 한 분도 빠짐없이 건강한 모습으로 뵈었으면 좋겠다. 투박하지만 해맑은 미소가 아름다운 노인대학, 아니 시니어아카데미 학생들이 빨리 보고 싶다.

해마다 개강을 앞두면 새로운 각오로 열심히 준비에 최선을 다해 왔다. 기왕에 맡은 일에는 늘 그랬듯이 십 년 세월이 지났지만, 지칠 줄 모르는 열정을 내게 주시고 또 건강도 함께 주심에 정말로 감사한다.

오랜 세월을 맡아서 했기 때문에 혹시 다른 사람의 기회를 내가 빼앗는 것은 아닐까 하는 마음에서 다른 지역으로 이사도 했고, 또 너무 오래했다고 사양도 했지만….

나는 봉사자다.

오로지 어르신들을 진심으로 사랑하기 때문에, 그분들과 함께 즐거움을 나누며 노년 생활을 안내하는 일에 올 한 해도 최선을 다 하자고 굳게 다짐해 본다. 다만, 주님의 도구로서 겸손하게 내 직분에 충실할 수 있도록 함께 하시어 지혜 주시기를 마음을 다해 기도해 본다.

은빛 나들이(부여캠프)

첫째 날

6월 7일, 드디어 평생대학의 2박3일 캠프를 떠나는 날이 밝았다. 일기예보는 전국적으로 비가 온다고 했다. 거동이 불편하신 분도 몇 분 계시니 수지침도 준비하고 우황청심환도 준비했다. 연로하신 어르신들이라 밤에 혹시 몰라서 응급실 상황도 수련관 측에 미리 연락해 두었다. 그리고 밤에는 우리 봉사자 선생들이 교대로 불침번을 서기로 했다. 그래도 혹시, 준비가 미비한 점은 없는지… 떠나기도 전에 설렘 대신 걱정만 부풀려진다. "주님 당신만 믿습니다." 무조건 성호를 그었다.

오전 8시, 주임신부님의 강복을 받은 후 두 대의 버스에 나누어 탄 85명의 평생대학생과 10명의 봉사자 선생들이 부여청소년수련관을 향해 출발하였다. 나는 연로하신 어르신들의 총 인솔자다. 1호차의 맨 앞자리에 앉은 나는 2호차에도 간간이 연락을 하며 한 치의 허술함이 없도록 부탁을 했다. 이 많은 사람들이 다 내 책임 아래에 있으므로 더욱 더 마음을 놓지 않았다.

어르신들이 차창밖 풍경에 빠져 있을 즈음에 우리는 부여의 청소년수련관에 도착을 했다. 그곳에는 대형 플래카드가 걸려 있었다.

"평생대학 어르신들의 입소를 진심으로 환영합니다."

청소년 수련관에 제일 어른으로 입소를 한 것이다.

여장을 푼 오후, 구드레에서 유람선을 타고 부소산 전경을 관람하였다. 주변의 싱그러운 푸르름에 취하고, 아늑하고 단아한 고란사와 역사적으로 잘 알려진 낙화암을 만났다. 삼천궁녀의 이야기를 해 드리는데 어르신들은 "내 생전에 언제 또 이런 곳에 올 것이냐."며 손뼉을 치고 탄성을 하신다.

내 이야기가 들리는지 마는지 그것으로 족한 시간이었다. 돌아오는 길에 조각 공원에서 반별로 기념 촬영을 하였다. 저녁에는 '다도'에 대해 배우면서 하루 해를 접었다. 오늘 하루 무사함에 또 따가운 햇빛이 아닌 적당히 흐린 날씨를 주심에 감사하며 잠을 청했다.

둘째 날

두런두런 말소리에 잠에서 깨어 일어나 보니, 겨우 다섯 시가 지나 가는데 벌써 삼삼오오 산보를 즐기고 계셨다. 역시 어르신들이라 아침 잠이 없으신가 보다.

오전 프로그램은 풍선 만들기와 풍물 배우기, 민요 배우기였다. 풍선 만들기는 치매 예방에 도움이 된다고 하여 열심히 꽃도 만들고 강아지도 만들었다. 민요와 장구를 배울 땐 모두 신이 나서 우리 평생대학에도 장구반이 있었으면 좋겠다고 하셨다. 열심인 모습이 한 십 년은 젊어 보였다. 점심때쯤 원장수녀님과 총회장님, 총구역장님, 청소년 분과장님이 수박을 여러 통 안고 오셨다. 어르신들이 무척 반가워하시며 고마워했다. 총회장님의 시원한 '냉면' 노래는 어르신들에게 인기 폭발이었다.

오후에는 인근에 있는 정림사지와 박물관을 관람했다. 10분여 거리였기에 걸어서 갔다. 모두가 빨간 티셔츠를 입고 손을 잡고 걸으셨다. 길옆에 무리지어 핀 노란 꽃들과 누가 더 고운지 구분이 안 갔다. 행렬이 길을 건너는 동안 선생님들이 호루라기를 불며 지나가는 차들을 세울 때는 쑥스러워하면서도 얼마나 즐거워하시는지….

밤에는 '촛불의 시간'을 가졌다. 커다란 하트 모양의 초에 불을 밝히고 그 주위에 둘러서서 우리 자신을 돌아보는 참으로 의미있는 시간이었다. 오늘을 평가하고 내일의 준비를 위한 봉사자 회의를 마친 뒤 잠을 청하였다.

셋째 날

까치소리에 눈을 떴을 때는 청명한 아침이었다. 산책을 하노라니 부여의 아침 풍경이 한 폭의 그림 같았다. 이대로 두고 가기가 아까워 마음에 꼭꼭 담아가기로 하였다. 어르신들은 어제보다 그제보다 더 밝은 모습이고 더 건강해 보였다.

오전에는 보물찾기를 하였는데 나뭇잎 사이, 돌밑에, 풀섶에, 눈에 띄게 숨긴 쪽지를 찾고, 선물을 받으며 어린아이처럼 신난다고 하셨다. 숙소의 짐을 챙겨 궁남지로 이동하였다. 경주에 있는 안압지보다 200년이나 앞서 만든 호수에는 연꽃이 한창 피어있고 주변에는 갖가지 야생화가 들판을 이루고 있었다. 아름다운 풍경을 뒤로 하고 아쉬워하며 귀경길에 올랐다.

자잘한 걱정과 두려움으로 시작한 나들이였다. 성당에 도착하여 주님께 감사기도를 바치고, 모두를 귀가 시킨 후에야 비로소, 나른하게 긴장이 풀리는 것 같았다. 2박 3일 동안 성심을 다해 애써준 봉사자 선생님들의 노고를 잊을 수 없다.

제주여행

2011년 6월 7일

어젯밤에는 잘 주무셨는지, 7시까지 공항에 집결하기로 했는데 이른 시각이라 혹시 지각을 하시는 게 아닐까, 아니면 차를 잘못 타서 다른 곳으로 가신 게 아닐까? 이 생각 저 생각하면서 서둘러 공항으로 갔다. 부지런하고 멋진 우리 어르신들이 일찌감치 공항에 오셔서 나를 반겼다. 머리엔 울긋불긋한 모자에 화려한 선글라스까지 턱 끼시고 차림새만 보아도 마냥 들뜬 모습이다. 얼굴까지 발그레 상기되고, 소녀 같은 그 모습에 슬그머니 놀려주고 싶어졌다.

어르신들이 장거리 여행 간다고 총회장님이 떡을 해 왔다. 성당에서 제일 웃어른이 여행을 가시는데 신부님과 총회장님이 함께 못 가서 미안해 하셨다. 그분들도 유럽여행을 가시니 어쩔 수 없는 일이다. 내 손을 잡고 혼자 수고하게 해서 정말 미안하다고 했다.

2박 3일 여행길 탈없이 잘 다녀 오도록 우리를 도와주시라고 기도하며 새벽 미사에 봉헌을 하였다. 모두가 기도하는 마음으로 출발을 했다. 미리 준비가 잘 되어서 검색대엔 58명 전원이 무사 통과를 하였다. 기내에서도 의외로 질서 정연했다. 역시 노인대 학생이라 의젓하셨다.

적당히 흐린 날씨에 제주도에 도착했다. 우리는 싱싱하고 풍성한 해물탕으로 점심 식사부터 했다. 어르신들이 서로 옥돔구이와 전복을 집어서 친구에게 먼저 주시는 배려에서, 앞으로 멋진 2박3일 여행이 예상되어졌다.

제일 먼저 송악산 마라도 조망대와 녹차박물관을 찾았다. 또 아름다운 유리의 성과 올레 코스를 천천히 걸었다. 중간 중간 앉아서 쉬기도 하였다. 또 우리가 가는 곳마다 폭소를 터트리게 하는 얄궂은 모형의 러브랜드 관광을 하였다. 어르신들은 난생 처음으로 그런 구경을 하였다면서 저녁내내 잠을 안 자고 즐거워하셨다. 아마도 소녀로 착각을 하시나보다. 오늘의 마무리 점검과 내일을 위한 봉사자 회의를 마쳤다.

잠자리에 막 들려고 하는데 "학장님 큰일 났어요!" 하는 게 아닌가? 나는 깜짝 놀랐다. 어르신 한 명이 울고 계신다고 했다. 가슴이 덜컥 내려앉았다.

무슨 일이냐고 했더니, 드시던 약을 안 갖고 와서 어깨가 아프다고 내일 아침 비행기로 보내 달라는 것이 아닌가? 아니 전세 비행기로 아시나? 그리고 서울에 있는 자식들한테 아파죽겠다고 전화도 하셨단다. 기가 막혔다. 꼭 어린아이와 같다. 떠나기 전에 드시는 약은 잊지 말고 잘 챙기시라고 그렇게 누누히 말씀드렸건만…. 밤늦도록 봉사자 선생님들과 번갈아가면서 뜨거운 물수건으로 찜질을 해드렸다. 컴컴한 새벽에 총무가 서귀포에 가서 약을 사왔다. 소란을 피워서 미안하다고 하면서 이젠 괜찮다고 하셨다. 천만다행이었다.

둘째 날, 이른 아침에 서둘러서 성 이시돌 성지순례에 들어갔다. 오래 전부터 많은 분들이 이시돌성지에 그렇게 오고 싶어 하더니…. 잔잔히 울려 퍼지는 그레고리안 성가를 들으며 곳곳에서 묵상을 하며 사진도 많이 찍으셨다. 포근한 주님의 품안을 느끼셨나보다. 맛깔스런 점심을 먹고 쇠소깍, 화산석 석부작 공원을 돌아서 테마파크 관람을 하였다. 어쩜 그리도 자유자재로 말을 잘 훈련시켰을까? 활기찬 말 쇼를 보며 시종일관 탄성이 떠나지 않았다.

작은 섬과 연결시켜 멋진 다리를 놓은 세연교를 어르신들은 머리카락을 날리면서 천천히 건넜다. 섬 둘레를 도란도란 이야기 꽃을 피우고 멋진 바다 풍광에 도취되어 떠날 줄을 모르셨다. 바닷바람이 시원하다고 하면서 친구의 손을 잡고 제주도가 처음이라는 마리아님! 마냥 행복한 얼굴이었다.

셋째 날! 이번에는 숲속의 작고 예쁜 열차를 타러 갔다. 에코랜드의 환상적인 숲속 길은 나를 알프스 소녀 하이디가 된 듯한 착각 속으로 빠져들게 하였다. 그간 잊고 살았던 촉촉한 소녀 감성이 되살아나는 듯 했다. 사랑스런 소녀가 된 것 같은 착각 속에서 우리 모두를 행복의 늪으로 빠져들게 하였다.

꿈을 꾸듯 즐기고 있는데 제주도가 몇 번째라는 어떤 어르신은 어쩜 그리도 가보지 않은 곳만 골라서 보여 주느냐고 하면서 자꾸만 내게 말을 시켰다. 아마도 내내 우리의 추억속에 길이길이 남으리라.

잘 가꾸어진 공원에 갔다. 어린 시절을 생각하며 선녀와 나무꾼을 관광하였다. 신랑각시 첫날밤에 호롱불이라든가 옛시절 어르신들의 추억이 서린 주방기구 농기구 등 볼거리가 많았다. 여기저기서 반가움에 말씀이 많으셨다. 어느 어르신은 여행 간다고 딸이 비싼 점퍼를 사주었는데 그곳에 얌전히 걸어두고 잊으셨다. 버스를 타고 얼마를 오다가 다시 되돌아가서 그 옷을 챙겨와야 했다.

점심식사는 제주에 와서는 꼭 먹어보아야 한다는 제주의 토속음식(고사리와 흑돼지 정식)을 먹기로 했다. 듣던 대로 돼지고기도 맛있었고 무한리필해 주는 고사리도 일품이었다. 우리는 일출랜드, 섭지코지를 관광하고 집에서 반겨줄 손주 손녀들에게 줄 선물을 사느라 정신이 없었다. 어르신들 쌈지돈을 다 푸시는 것 같았다. 선물이 바뀌지 않도록 하는데 교사들은 온 신경을 썼다.

　며칠 간 못 본 가족들의 얼굴을 그리며 눈 깜짝할 사이에 우리는 김포공항에 무사히 도착을 하였다. 꿈을 꾼 듯 2박 3일의 여행 일정을 마감하였다. 어르신들이 행복해 하시는 모습에서 보람과 행복을 느꼈던 제주 여행이었다.

　어르신들이 건강하게 일정에 차질없이 무사히 잘 마칠 수 있게 돌봐주신 주님께 감사를 드린다. 그동안 함께 수고해 주신 사랑하는 10명의 교사들에게도 감사를 드린다.

그리움만 남기고

귀하께서는 평소 본당을 위하여 관심과 사랑을 가지고 헌신하였으며 특히 시니어아카데미 학장을 맡아 헌신적인 노력과 정성으로 봉사하였기에 본당 모든 교우들의 뜻을 모아 이 공로패를 드립니다.

지난주일 등촌1동 성당 교중미사 중에 공로패를 받았다. 지나간 날들이 마치 어제인 듯하다.

우리 성당, 지금의 한마음 성가대 초대단장으로서 지휘자를 모셔오고, 반주자도 구하고 성가대를 만들었다. 첫 미사 봉헌 때의 그 감격은 아직도 잊을 수가 없다. 그때의 성가대가 날로 발전하여 지금의 성인성가대로 자리매김하였다. 화려한 하모니로 웅장한 성전을 울리고 나의 마음 깊은 곳까지 울컥하게 감동을 줄 때 몰래 눈물을 훔치곤 한다.

내 젊은 날은 외국인 신부님 아래 할 일이 많았다. 구역의 총구역장을 맡아 동분서주했다. 다정다감했던 아일랜드 신부님과 신자들! 그 소통은 수녀님과 총구역장인 나의 담당이었다.

염창동, 가양동, 등촌동, 화곡동 일부 전역을 손바닥 보듯 해야 했다. 7천여 명의 신자 중에 100여 명의 구역반장들 회의를 주관할 때는 늘 긴장했지만, 그래도 뿌듯한 기쁨이 더 컸다.

복음화위원장을 맡아 '2000년대 복음화 소공동체 운동'이라는 주제로 평신도 강사진을 구성하였다. 밤낮을 가리지 않고 심혈을 기울여 교안작성을 하였다. 성전신축을 위한 전 신자 신앙교육이 신부님의 숙원 사업이었던 것이다. 수녀원을 이웃 아파트로 옮기고 3층의 수녀원 건물을 수리하여 피정센타 교육관으로 꾸몄다.

신자들은 구역별로 토요일 일요일 이틀간의 프로그램을 다 거쳐 갔다. 첫 시간과 파견미사를 담당하신 이운기 신부님의 열정은 참으로 대단하셨다. 전체 프로그램 총책을 맡은 나는 그때 항암치료 중이었다. 파견미사 때마다 기쁨의 눈물을 펑펑 쏟았던 기억은 아직도 잊을 수가 없다, 행사평가를 마치고 난생 처음으로 헹가래를 받은 추억도 있다.

온 공동체가 한마음으로 준비했던 성전신축, 그 아름다운 봉헌식 때 정진석 대주교님(현재 추기경님)과 나란히 축하 테이프를 자르던 영광스런 순간도 지금 눈앞에서 필름이 되어 스쳐 지나간다.

30년의 본당 활동 중에, 12년은 평생대학 광현 시니어아카데미 학장으로 보낸 시간들이다. 그동안 쌓아왔던 많은 교육과 경험 그리고 신앙체험과 열정을 아낌없이 다 쏟아 부을 수 있었다.

어르신들이 인생 후반에서의 상실감과 쓸쓸함, 무기력감에 젖어 있을 때, 활기를 넣어주려고 온 정성을 쏟았다. 신앙 안에서 현실을 받아들이고 노년이 행복하고 아름다운 모습이 되도록 도와 드리는 데 목적을 두었다. 그래서 제주도 여행과 부여, 충주의 캠프, 많은 성지순례를 했다. 노인의 날 행사 때 어르신들과 즐겁고 행복했던 순간들이 떠오른다. 행동이 다소 더디지만 수업시간에 무엇이든지 척척 잘 만드시는 손재주가 많은 분들이다.

내 담당인 성경공부 시간에는 숨소리가 들릴 정도로 모두가 집중하신다. 한마디도 놓치지 않으려는 듯이 반짝이는 눈빛으로 발표를 하시고, 적극적으로 참여를 하신다. 뿌듯하고 벅찬 기쁨의 순간들이었다. 떨리는 목소리로 송별사를 하시던 데레사 님, 모두를 울먹이게 하셨던 어르신, 아름다운 나의 퇴임식은 정말 감동적이었다. 어르신들께 봉사를 한 게 아니라 넘치도록 사랑을 받기만 한 것 같았다. 과연 나는 주님의 도구로서의 역할을 제대로 잘하였던가? 나를 되돌아본다.

그동안 나와 함께 했던 많은 봉사자들, 내가 사랑했던 교사들께 깊은 감사를 드린다. 모쪼록 시니어아카데미 어르신들이 오래오래 건강하고 행복하시기를 두 손 모아 빌면서, 언제나 내 편이 되어 주셨던 자비로우신 나의 주님께 감사의 기도를 올린다.

(2016. 3. 14. 노정순 세실리아)

봄나들이

대학원 동문 까페 운영위원들!

한 친구가 빠져서 좀 섭섭하긴 했지만, 우리는 강화도 봄나들이에 나섰다. 차안에서 희야는 서울시 예산편성 자원봉사를 하고 있다고 축하해 달라고 하였다. 그녀는 역시 능력 있는 멋진 현대여성이다. 또 축하할 일 없느냐고 하기에 엉겁결에ㅎㅎ 나~도 오늘이 내 생일이라고 했다. 금방 생일축하 노래를 부르며 박수치고 모두가 축하해 주었다.

포근하게 자리한 마니산을 뒤에 두고 햇살이 눈부신 바다는 끝없이 펼쳐져 있었다. 해변 도로에 줄지어 서 있는 가로수는 모두가 벚꽃나무이다. 우리는 아주 천천히 느긋하게 창밖 풍경을 음미하였다. 화사한 꽃 속으로 빨려 들어가는 듯하였다.

길옆에 아기 주먹만한 샛노란 참외가 너무 예뻐서 차를 세웠다. 아주 달콤하였다. 미야 친구는 한 봉지씩 만들어 차안에 넣어

주었다. 따뜻한 마음씀이 꼭 우리의 보호자 같다. 조금 더 가다 우리는 동막 해수욕장에서 내렸다.

희야는 참외를 씻어오고 우리는 한 입 크기의 꿀참외를 입안에 가득 넣고 부랴부랴 사온 새우깡을 갈매기에게 던졌다. 동막골 갈매기는 우리에게 다 모여 들었다. 갈매기의 멋진 날갯짓을 보려고 우리는 소리를 지르며 새우깡을 자꾸 던졌다. 정말로 아름다운 새들이 내 머리위로 한 폭의 그림을 멋지게 그려주곤 하였다.

항상 감기에 약한 진희는 바람이 분다고 몸을 사리고, 걱정이 된 나는 스카프를 여며주며 목에까지 꼭꼭 옷의 단추를 채워 주었다. 해변 가의 바람은 내 머리카락을 온통 다 헝클어 놓았지만, 그래도 마냥 즐거운 시간이었다.

우리는 작은 섬처럼 옆으로 삐져나간 길을 따라 작은 박물관을 찾아 갔다. 하필 오늘이 휴일이라 그냥 주변의 풍경만 여기저기 사진으로 담았다. 끝없이 넓게 펼쳐진 바닷물이 발끝까지 들어와 있고, 오리 떼가 조용히 휴식을 취하고 있다. 저만치서 황새 한 마리가 외롭게 서성이는 평화로운 모습이었다.

외국의 건축양식을 한 멋진 바닷가 별장들, 아름답게 잘 가꾸어진 정원들, 곱게 핀 봄꽃들 사이로 우리는 깔깔대며 우리 것인 양 철없는 소녀가 되어 행복감에 취했다. 눈에 들어오는 작은 것에도 감탄했다. 조그만 섬마을 밭에는 쑥이 양탄자를 깔아 놓은 듯 온통 새파란 쑥 천지다. 아마도 유명한 강화쑥을 농사로 짓는가 보다.

한참을 가다가 외포리에서 내렸다. 비릿한 바닷 내음이 바로 이곳이 포구임을 말해 주고 있다. 포구에 줄지어선 배 위에 나란히 앉아있는 갈매기들은 지금이 쉬는 시간인가 보다.

석모도에서 나오는 커다란 배를 따라 갈매기들이 엄청나게 따라오고 있다. 그 모습도 소리도 장관이다. 사람들이 새우깡을 던져주고 있나보다. 어느 멋진 외국 항구인 양 나는 연신 셔터를 눌렀다.

돌아오는 길, 멋진 건물의 꽃게 전문집이 눈에 띄었다. 우리를 각별하게 아껴주는 미야가 오늘이 내 생일이라고 기분 좋게 한턱을 낸단다. 크고 화려하게 장식한 꽃게찜을 보고 우리는 일제히 소리를 질렀다. 입안에서 살살 녹는 게살의 달콤함은 오랜만에 맛보는 것 같았다. 마음 깊은 좋은 친구들과 함께한 강화도의 봄나들이!

정말~고맙고~ 또 행복한 순간이었다.

오늘은 유난히 화창한 날씨에 바람도 잔잔하고 따스했다. 마치 내가 주인공이 되어 화려하게 한 편의 드라마를 찍은 것 같은 즐거운 하루! 행복한 하루! 따스한 봄날의 하루였다.

손녀 김유진 作

[편지글]
나의 가족

손녀 하지원 作

남편의 편지

아득히 먼 지난날
우린 한 마을에 살았지.
�‍흑여긴 소녀는 큰 눈이 너무 깊어서
차라리 슬퍼 보이기도 했었지
우리가 풋풋했던 그 시절에 당신은
환하게 들꽃같이 청순 했다오.
우린 함께 내일을 약속하고 꿈을 꾸며 살았지
무지개 뜨는 환희의 날에는 함께 노래 하고
절망의 어두운 순간에도 인내하면서 서로를 격려 했고
주먹을 쥐는 대신에 두손을 모으며 기도하는 마음으로 살았지
여보!
어느새 당신의 머리 위에 흰 꽃이 피었구려
70년 세월을 돌아보며 인생을 노래하는 당신은
아직도 내 겐 그 때의 그 소녀라오.
첫 작품집 출간을 축하하며
착하게 살아온 당신에게 마음깊이
축하의 꽃다발을 보냅니다.
나의 아내! 사랑합니다.
　　　　　2019. 3.

아들의 편지

평생을 쉼 없이 달려오셨습니다.

가족의 생활을 위해 젊음 한 몸 바치셨습니다.

지역사회와 이웃들을 위해 봉사와 희생을 해오셨습니다.

평범한 우리네 어머니의 삶 속에

누보다 특별하고 평범치 않은 치열했던 도전이 함께 있었습니다.

어렵고 힘든 시기와 위기의 순간에도

세상을 바라보는 따뜻한 시선과 긍정적인 마음가짐으로 극복하시고

우리에게 기적이라 불리는 선물을 가져다 주셨습니다.

강인함 속에 간직하고 계신 어머니의 감성이,

당신의 지나온 인생의 순간순간과 진지하고 의미있게 나누었던

그 이야기들을 . 이제 우리가 함께 공감할 수 있게 되었습니다.

진하니 의미라기 보다 더 자유롭고 드 넓은 새로운 영역에의

도전을 위한 출발점에 서 계심을 축하드립니다.

언제나 응원하고 감사하고 사랑합니다. - 아들 -

며느리의 편지

어머님의 첫번째 지름집 출간을 축하드립니다.

어머님 삶 속에 차곡히 쌓인 지혜와 너그런 마음이 어머님 만의 아름다운 글

테이나 건강마다 또한 사랑으로 가득 채워진 이 책은 지혜에게 소중한

선물이 될 것입니다.

늘 저희에게 보여주신 어머님의 부드런 속 강건 마음, 유쾌함을 잊지 않으시는

궁정적인 자세, 언제나 새로운 끝을 향해 주저없이 도전하시는 젊은 정신 ......

그 모습을 중 한 조각이라도 본받고 싶은 마음으로 꼭 금귀 하나 뿐인

행간의 애벡까지 그 의미를 잘 해야하려 가슴에 길이 새기도록 하겠습니다.

다시한번 어머님의 첫 지름집 출간을 기쁜 마음으로 축하드리며

많이 모자란 며느리를 너그런 마음으로 감싸주시는 어머님께

진심으로 감사 그리고 사랑을 전합니다.

딸과 사위의 편지

엄마!

작은 아이의 중학교 입학식을 다녀왔습니다

운동장에 줄 맞춰 서 있는 긴장된 눈빛들을 보니 예전

내 모습을 마주하는 것 같았습니다

내 아이의 모습을 하나하나 놓치지 않으려 바쁘게 시선을

움직이다 불현 듯 나를 바라봤을 '엄마'가 떠 올랐습니다

어린 나였을땐 결코 알수 없었던 엄마의 마음

이렇게 시간이 많이 흘렀어도 그 마음을 아직도 배워가고 있는

중입니다

누구보다 열심히, 열정적으로 사셨던 것에 큰 박수를 보내드려요

과정뿐만 아니라 항상 훌륭한 열매를 맺어내심에도요

뒷심이 부족한 저로서는 매번 감탄과 부러울 따름입니다

생신 축하드리며 앞으로도 계속 엄마의 숨겨진 보석같은 이야기

기대 해 볼께요

사랑해요. 울엄마 화이팅   2017. 3. 2. 딸.

재명님!
생신 축하드리며 책 출간도 진심으로 경하드립니다.
언제나 왕성한 活動력과 건강한 에너지를 보여 주어
깊이 존경하고 사랑합니다.
처음이 어렵다고 출간을 시작하였으니 조만간 개정 신간도
또 기대해 보겠습니다

2011. 3. 2
세계로 뻗어나가는 사위가

가족카페
–라이프 포토스토리–

바쁘게 살아가는 우리가족
애지중지한 그리움도 오직 마음 뿐
다른 환경에서 살아가느라
속마음 같지 않게
소통이 원활하지 않더라

남들은 친교를 다지며 산다는데…
우리는 끊을 수 없는
한 핏줄이 아니더냐?

여기
혈육의 방
우리 가족만의 공간에서
살아가는 모습
아가들의 행복한 만남
하고 싶은 이야기를 나누자

잡담이면 어떻고

수다면 어떠하리
가정을 꾸리며 살아가는 그 모습
나이 들어가는 어른들의 모습이
수레바퀴 같은 인생의 순리인 것을

후세들의 안녕을 빌고
소망의 기도, 간절한 사랑으로
어른의 넓고 깊은 이해를 담은
지윤이 할배의 마음처럼
카페 이름도 멋진
'무지개의 합창'

네 명 동생들!
아니, 이모들아
너희 자녀들도 들어와 쉬게 하자
그들을 우리가 품어야 하고
다음 세대로 이어 주어야 하는 것
멋진 세상은 마음먹기 달렸단다

밖엔 많은 눈이 왔구나
여기 우리가족 정원에서
일곱 빛깔 무지개의 꿈을 펼치자
소중한 삶을 사진으로 담아
한 줄의 글, 한 마디 언어로
우리들의 이야기 정원을
가꾸어 보자꾸나

　　　2012. 2. 1
　　　라이프 포토스토리 카페지기

　　　　- 지윤이 할매가